JE CROIS – MOI NON PLUS

JEAN-MICHEL DI FALCO
ET FRÉDÉRIC BEIGBEDER

Je crois – Moi non plus

Dialogue entre un évêque et un mécréant
arbitré par René Guitton

CALMANN-LÉVY

Tu ne me chercherais pas si tu ne m'avais pas déjà trouvé !

(citation choisie par Jean-Michel di Falco).

Une des questions que je n'éviterai pas est celle de la religion.

Jean GENET
(citation choisie par Frédéric Beigbeder).

À ma mère qui vit dans la paix du Seigneur depuis ce 4 août 2004.

Jean-Michel di FALCO.

À Pierre de Chasteigner.
Né aristocrate et devenu noble.

Frédéric BEIGBEDER.

Avertissement

Ce livre a débuté il y a des millénaires, depuis que l'homme s'interroge sur la question de Dieu : qu'est-ce que je fais sur terre ? À quoi sert ma vie ? Pourquoi suis-je là ? Et pourquoi suis-je, tout simplement ?

L'ouvrage s'est poursuivi en 1974 quand l'élève Beigbeder Frédéric accueillait le nouveau dirlo des classes élémentaires de l'école Bossuet, à Paris : le père di Falco.

Hélas, l'enseignement religieux n'ayant pas apporté les réponses aux interrogations fondamentales de l'enfant, il fut décidé, en mars 2001, de reprendre cette conversation perpétuelle là où nos deux contradicteurs l'avaient laissée. Confrontés aux événements de ces dernières années, ils allaient s'interroger sur les autres et sur eux-mêmes.

Nos rencontres commencèrent donc avant le 11 septembre fatidique. Elles répondaient à un besoin irrépressible de se parler face au mur dans lequel la société se dirigeait tête baissée. Ces entrevues eurent lieu, régulièrement, jusqu'en mai 2004. Chacun se livrait, abordant des sujets éternels et intimes, tant la question de Dieu, son sens et son utilité, touche à ce que l'homme a de plus secret. Ici, l'évêque prêchait le faux pour connaître le vrai, puis avouait ses doutes au mécréant. Frédéric expiait son irrévérence incurable, comme celle de commettre un écrit sacrilège sur les tours infernales. L'actualité s'imposait au dialogue : New York, la future guerre en Irak, ou celle « terminée » en avril 2003, la laïcité, l'islam, l'Église, une promenade au cimetière sur la tombe de Baudelaire évoquant le génie du mal avec, au-delà des croix, la tour Montparnasse, d'où Frédéric tentait d'apercevoir les Twin Towers de Manhattan. Nous discutions de son roman à paraître, nous parlions de Dieu, de la Toussaint, de Pâques, de leurs utopies, de leur mode de vie, de l'hédonisme, du matérialisme, des hommes aussi, et encore de Dieu.

De ces rencontres, que Frédéric aurait préféré voir se tenir à trois heures du matin plutôt qu'à dix, chacun ressortait non point meilleur, mais enrichi.

Ainsi cette boulimie d'échanges donna-t-elle naissance à ce livre. Bien sûr, tous les sujets qui préoccupent l'humanité n'y sont pas abordés : la galerie des mystères et des misères terrestres est si vaste ! Néanmoins Dieu, la religion, la foi, la prière, la mort, la Résurrection, la Trinité sont forcément du débat. Si aucun ne prétend y répondre en théologien ou en scientifique, si aucun ne se prend au sérieux, la sincérité s'exprime, violente, crue parfois, y compris sur la question des mœurs.

Assaillis par la certitude, assaillis par la tentation, ils s'opposent, s'affrontent et s'apostrophent sans ménagement, poussant l'autre au-delà de ses limites connues. Frédéric pourfend l'Église « à la traîne de la société » quand Jean-Michel fait la part de la rébellion superficielle du vrai Beigbeder. Face au vide du monde, l'un croit au définitif, l'autre au provisoire. Là, ils se rejoignent et dénoncent l'omniprésence du mal : Frédéric fustige l'individualisme quand Jean-Michel brandit, en alternative, le message du Christ.

« Dieu existe », affirme l'évêque. « Je ne l'ai pas rencontré », rétorque le mécréant. Lucides, conscients de la complexité du mystère, ils usent parfois d'une dérision subtile qui vient heurter les certitudes moralistes.

Dans ces réflexions, que certains disent vaines au point d'y renoncer, beaucoup se retrouveront, s'identifiant au point de vue de l'un ou de l'autre des auteurs, ou encore d'un peu des deux. Si ces années d'entretiens traduisent bien leur pensée, elles constituent également une étude de l'âme humaine sur la réflexion éternelle qui parcourt les hommes. L'idéal ne serait-il pas que nous, les six milliards de Terriens, nous posions les mêmes questions, faute d'espérer y apporter les mêmes réponses ?

René Guitton.

Introduction

Frédéric Beigbeder : Ce livre risque de prendre la forme d'une confession, en tout cas pour ma part. Je ne me souviens plus quand je me suis confessé pour la dernière fois, à part dans mes romans. Ce sera donc ici l'occasion de renouer avec ce sacrement, le secret en moins !

Nous voilà réunis pour parler de Dieu. Or, depuis l'école Bossuet, à Paris, où tu dirigeais les classes élémentaires dont j'étais l'élève, j'ai très vite cessé d'être pratiquant. Je t'avais comme confesseur, mais depuis je me suis éloigné de la foi au point d'avoir tout oublié, ou presque. Je ne sais plus trop ce que signifie le péché, et si nous abordons tous ceux que j'ai commis comme autant d'entrées de chapitre, il faudra de nombreux tomes à cet ouvrage. Des rayonnages entiers de bibliothèque n'y suffiraient pas.

Face à l'actualité de ces dernières années, j'ai des questions plus urgentes que celles de mes fautes à poser à un « ouvrier de Dieu ». Puisque tu affirmes qu'Il existe, et en supposant que tu sois dans le vrai, quand je constate ce que Dieu provoque comme catastrophes, je me demande s'Il est bien utile.

J'ai critiqué le capitalisme d'une façon que je ne

renie absolument pas. Je pense qu'il y a dans ce système une religion de l'argent qui veut remplacer Dieu par des produits, du confort, du plaisir, etc. Une « marchandisation » du monde, une privatisation de la nature, une menace sur l'environnement. Dans mon travail littéraire il y a un nihilisme total, un désespoir absolu, une satire assez violente – je crois – du matérialisme contemporain. Il y a en même temps un hédonisme acharné, à très court terme. En résumant, on pourrait dire que mes personnages cherchent le plaisir plutôt que le bonheur. Mais pourquoi ? Parce qu'ils sont incapables de le trouver. Mon pessimisme, influencé par le post-existentialisme des trentenaires de ma génération, cette espèce de quête effrénée et désespérée – on tombe amoureux ça dure trois ans, on recommence avec quelqu'un d'autre, et ainsi de suite –, donc cette sorte de confort et en même temps ce vide, tout cela, je pense, n'est pas contradictoire avec la quête métaphysique.

Ce que je recherche dans la littérature, c'est une réponse à cette question existentielle : « Qu'est-ce qu'on fout là ? » Cette réponse, je la trouve dans l'art, mais ce n'est qu'un mot. Dire « art » ou dire « Dieu », est-ce que ce n'est pas la même chose, finalement ? Et pour continuer à déverser ma bile, est-ce que pour beaucoup la drogue n'est pas une solution aussi, le sexe, les boîtes de nuit... Les boîtes de nuit ne sont-elles pas les églises de ma génération ? Mêmes rites, mêmes uniformes, mêmes cérémonies... La piste de danse est un lieu sacré, la house music remplace les cantiques, la vodka-tonic est une évangélisation et tient le rôle du vin de messe dans une sorte de communion baroque ! (Bon j'arrête, je me calme.) Je persiste dans mes critiques contre le système. Pourtant, depuis quelques années on assiste à des attaques contre des valeurs que j'ai envie de défendre, comme la démocratie, la liberté d'expression, d'aller et venir, de pouvoir montrer son visage et ses cheveux quand on est une femme... Je suis obligé de reconnaître que j'aime ce système que je critique parce que précisément il me permet de le critiquer. Dans un autre système, et d'où qu'il vienne, où qu'il soit, on m'interdirait de m'exprimer, on me couperait les mains, on me fouetterait ou on me tuerait peut-être pour m'empêcher de m'exprimer. Puisque c'est encore possible, je voudrais parler de Dieu, avec toi, en toute franchise, sans formalisme, crûment s'il le faut, même s'il m'arrive de blasphémer en disant que, sans pour autant me faire l'avocat du diable, je serais tenté de me faire le procureur de Dieu.

En son nom, certains se foutent en l'air pour tuer un maximum de gens. C'est aussi en son nom qu'il y a eu les croisades, l'Inquisition et mille autres calamités humaines que l'Église a provoquées ou approuvées. Il me semble que ton Dieu, que l'on nous présente comme synonyme d'amour, est aujourd'hui synonyme d'affrontements, de suicides, de haine, de massacres, de mort... J'ai lu une tribune du prix Nobel de littérature portugais José Saramago, dans laquelle il disait que cette violence était la faute de Dieu, de l'idée de Dieu. Il regrettait que Dieu ne soit pas mort, comme l'affirmait Nietzsche.

Puisqu'on se connaît, que tu es en grande partie responsable de mon éducation religieuse et que tu ne

me sembles pas être un évêque rétrograde – même si
ta parole devrait être celle de l'Église –, pour tout
cela, il me paraissait inévitable qu'on se revoie et que
j'essaie de savoir où j'en étais par rapport à cette
transcendance. Voilà ! J'avais hâte de dire ces choses,
face à toi, homme d'Église... Et j'ai hâte d'entendre
tes réponses.

Jean-Michel di Falco : Je n'attendais pas de toi une
entrée en matière très différente. Ton impétuosité me
rassure puisqu'elle est fidèle à l'image que tu t'ef-
forces de donner. Au moins sur ce point, tu n'es pas
en contradiction.

Tu me sers tout à trac et nous allons tenter d'aborder ces questions les unes après les autres : les péchés
des hommes, les tiens, les miens, l'existence de Dieu,
ce système dont tu profites et que tu dénonces à la
fois... Je considère que si tu m'interroges pour savoir
qui est Dieu et où Il est, parce que tu ne l'as pas
trouvé, je me dois de te répondre, constatant, par là
même, que ma génération n'aura pas fait suffisam-
ment pour permettre à la tienne de le rencontrer. Nous
avons pris l'engagement, pour ce dialogue, de nous
livrer sincèrement, sans chercher d'échappatoire ou
d'esquive, sans langue de bois, en apportant chacun
notre point de vue, le plus vrai. Avant d'entrer dans
le cœur du débat, je voudrais préciser ce qui nous a
conduits à cet échange.

J'aurai soixante-trois ans dans quelques jours, tu en
as trente-huit et tu es père d'une petite fille. Tu es
représentatif d'une partie de ta génération et tu es souvent même plus excessif qu'elle ne l'est. Je pense que
de notre face-à-face peuvent jaillir des découvertes

enrichissantes pour chacun d'entre nous, une sorte de remise en question, de conversion, non pas de l'un vers l'autre, mais de chacun de nous deux vers lui-même. Il y aura certainement plusieurs de tes points de vue qui m'apporteront une compréhension des choses que je n'avais pas jusqu'ici, qui m'éclaireront, et peut-être, plus largement, qui éclaireront aussi les lecteurs.

Revenons à ta génération. Beaucoup de tes semblables se désintéressent de l'Église, tout en se tournant vers elle dans certaines circonstances. J'aimerais comprendre – peut-être à travers toi – ce qui les fait vivre. Qu'est-ce qui te mobilise, te passionne, te fait avancer ? Qu'est-ce qui te fait vouloir brûler les étapes ? Pourquoi cette fringale de vie dans un tel tourbillon ? Ce ne peut pas être la seule ambition qui te propulse ? Enfin, je suppose... Il y a bien autre chose qui fait que, le matin quand tu te lèves, tu as envie d'aller de l'avant ! Ce rythme devient suspect à mes yeux. Cette course effrénée tiendrait-elle du désespoir ? Je ne peux le croire, c'est pourquoi je souhaite que tu m'expliques le moteur de ta vie.

FB : Joseph Brodsky disait : « Il n'y a que deux sujets vraiment intéressants dont on puisse disserter sérieusement : les ragots et la métaphysique. » Or travaillant dans la presse « people », j'ai déjà ma dose de ragots !

CHAPITRE PREMIER

Des souvenirs

JMDF : Je ne peux m'empêcher de penser au petit garçon que tu étais quand je t'ai connu. Un bon élève !

FB : Je suis amnésique. C'était en quelle année ?

JMDF : Je suis arrivé à l'école Bossuet en 1974. Tu étais en septième. Pour expliquer le fonctionnement original de cet établissement à l'époque, il faut remonter aux raisons qui lui ont donné naissance.

Au début du XXᵉ siècle, il y a eu de grandes réformes qui ont poussé les élèves dans les écoles de la République. Certains parents catholiques ont été troublés par ce bouleversement. Puis, peu à peu, ils ont pris conscience que l'enseignement prodigué dans les lycées laïcs n'était pas mauvais, contrairement à ce qu'ils redoutaient. Simplement, ce changement bousculait leurs habitudes et leurs convictions. Les familles craignaient d'envoyer leurs enfants dans un établissement d'État, alors qu'ils fréquentaient jusque-là des écoles dirigées par des religieuses pour les filles, et des religieux pour les garçons.

L'idée est née de créer des établissements catholiques qui accueillaient les enfants en dehors des heures de cours du lycée, leur prodiguaient un enseignement religieux et mettaient à leur disposition des répétiteurs qui les soutenaient dans leurs devoirs. Ces jeunes bénéficiaient ainsi de la qualité d'un enseignement d'excellente réputation, auquel s'ajoutait un encadrement catholique. Ces établissements avaient pour nom « externats de lycéens ». C'est ainsi que l'on voyait les élèves défiler en rang par deux, accompagnés d'un prêtre, pour se rendre de l'école catholique à l'école de la République. À l'époque où tu fréquentais Bossuet, les choses avaient changé.

FB : Oui, ces écoles étaient devenues moins rigides peut-être. Je me souviens des internes qui dormaient à Bossuet et des externes qui ne rentraient pas directement chez eux après les cours. Ils passaient par les salles d'études de Bossuet, où ils révisaient, et faisaient leurs devoirs pour le lendemain sous la surveillance de répétiteurs. J'ai effectué tout mon cycle primaire dans ce collège privé catho, à plein temps, puis pour le secondaire, j'ai opéré un panachage avec le lycée public, jusqu'en terminale, tout en suivant le soir les études de Bossuet. Au fond, l'intérêt, de mon point de vue, outre ce que tu viens de décrire, c'était que les parents étaient assurés ainsi du bon catholicisme de leurs chères têtes blondes, et qu'au sortir du lycée, au lieu d'aller jouer au flipper au bar-tabac du coin, ou de glandouiller en fumant un pétard chez un copain, leurs enfants s'appliquaient à leurs devoirs, sérieusement encadrés.

JMDF : La formule avait évolué de ton temps. Vous n'alliez plus d'un établissement à l'autre, en colonne par deux, accompagnés d'un prêtre, mais seuls ou entre copains.

Quant à moi, j'ai été ordonné en 1968, à Marseille. Mon évêque m'avait envoyé à Paris pour suivre des études de philosophie et de sciences de l'éducation. Il me fallait un point de chute et je ne connaissais personne, à l'exception d'une amie infirmière très âgée que j'avais rencontrée dans une colonie de vacances. Je lui ai écrit pour lui demander de m'aider à trouver un lieu d'accueil. Elle est intervenue auprès du directeur de l'école Saint-Thomas d'Aquin, dont l'un des aumôniers étudiants quittait l'établissement la même année. C'est ainsi que j'ai intégré l'école à la rentrée scolaire 1968-69, comme aumônier du primaire, responsabilité qui me laissait du temps pour poursuivre mes études. Huit mois à peine s'étaient écoulés quand le responsable des classes élémentaires tomba malade. Le directeur général me chargea alors du remplacement, à la tête de ces classes.

La première année fut pour moi un temps d'observation, puisque je n'avais pas suivi de formation particulière me préparant à la direction d'une école. Les mauvais souvenirs de ma propre scolarité, les études en sciences de l'éducation que je poursuivais, me poussèrent à remplacer progressivement la pédagogie traditionnelle par une « pédagogie active », où l'enfant était acteur et non passif, prenant lui-même en charge son apprentissage.

J'avais vingt-sept ans et tout l'enthousiasme qui sied à cet âge. Certaines familles furent hostiles à ces

nouvelles méthodes et retirèrent leurs enfants de
Saint-Thomas d'Aquin. J'ai craint l'hémorragie, mais
ce fut le contraire qui se passa. Le recrutement ne se
limita plus au seul quartier, comme par le passé, mais
à tout Paris et même au-delà.

Six années plus tard, je fus nommé à l'école Bossuet directeur des classes élémentaires : de la mater-
nelle à la septième. C'est ce qu'on appelait également
l'école primaire ou classes élémentaires.

FB : Je me souviens très bien de ton arrivée. Ton
style « Mai 68 » s'est vite ressenti. Tu n'étais pas un
dangereux révolutionnaire mais tes méthodes étaient
novatrices. J'avais connu l'époque des châtiments
corporels, la fessée – parfois cul nu – et certains profs
ressemblant à des généraux plaçant leur armée d'enfants au garde-à-vous, pour la revue. Très vite, dans
le secteur que tu dirigeais, l'ambiance est devenue
beaucoup plus moderne et tolérante. Bossuet devait
avoir un peu de retard sur le libéralisme ambiant,
même s'il n'était pas le plus terrible des collèges.
Quand on nous a réunis pour les présentations, notre
réflexion spontanée a été : « Ben déjà, c'est un jeune ! » De plus, tu avais l'accent marseillais, ce qui
ajoutait à ton côté cool. D'où, peut-être, les problèmes
que tu rencontreras plus tard, les accusations liées certainement à cette pédagogie moderne qui créait moins
de distance entre le directeur, les profs et leurs élèves.
Il y a eu une vraie réflexion sur l'école après 1968, y
compris à l'intérieur des collèges cathos. Le courant
allait vers une vision de l'élève moins assujetti à la
toute-puissance de l'enseignant. On allait pouvoir
converser, discuter, sans risquer de recevoir une fes-

sée. Et d'ailleurs, ton bureau restait ouvert en permanence. Tu tenais à être accessible à tous. Je ne cherche surtout pas à te passer la brosse à reluire – attends-toi au pire par la suite –, mais je dois reconnaître que tu as procédé à un véritable changement qui ne t'a pas valu que des amis.

Pour moi, l'autre changement radical fut le passage au lycée Montaigne, surtout en raison de la mixité, des roulages de pelle et des boums.

JMDF : À Bossuet, la mixité a commencé dans le primaire, à mon arrivée. Il y avait déjà des filles, mais tu ne devais pas être encore en âge de t'y intéresser.

FB : Je leur tirais juste les couettes. C'est là aussi une des différences entre le public et le privé : dans le public, les filles sont plus jolies !

En fait, j'ai vécu trois étapes dans ma scolarité : l'école complètement catho, sinistre et glauque. Puis la période d'ouverture avec ton arrivée, enfin le lycée, l'adolescence et la liberté, en découvrant qu'il existait des filles, qu'il existait des gens d'autres milieux sociaux en dehors de cet enclos que constituait l'école privée.

Finalement, j'ai été très heureux dans le public, parallèlement aux études du soir à Bossuet. D'ailleurs, je n'en veux pas à mes parents d'avoir voulu me donner une éducation dans la religion. Je les en remercie même, puisque cela semble avoir contribué à me donner le choix entre la religion et la laïcité.

Je suis curieux de savoir l'image que tu conserves de moi. Une forte tête ?

JMDF : Non, je me souviens d'un garçon monté sur ressorts. Une sorte de Zébulon, très vivant, très actif, curieux de tout, rebondissant sans cesse. En même temps tu faisais partie des meilleurs, sans qu'apparemment cela te demande beaucoup d'efforts. Oui, un très bon élève, qui pouvait se permettre des fantaisies que d'autres n'osaient pas.

C'est curieux, lorsqu'on a des centaines d'élèves, pourquoi se souvient-on davantage de certains plutôt que d'autres ? D'ailleurs, quand la presse s'est fait l'écho de ton premier livre, cela ne m'a pas surpris.

FB : J'ai un souvenir précis qui date de l'époque de ma participation à une émission de télévision, « Temps X », ma première télé, à l'âge de dix ans. Je me souviens que nous en avons parlé ensemble, parce que tu l'avais suivie. Tu n'avais pas encore ta chronique sur RTL, « Un chrétien vous parle », mais tu t'intéressais déjà aux médias. Tu participais au jury de l'émission télé « La course autour du monde ». Du coup, les élèves discutaient avec toi, presque en copains. Plus tard, chaque fois que j'entendais parler de toi, ou que je te voyais à la télé, j'étais fier de pouvoir dire : « Vous savez, lui, c'était le directeur de mon école. »

L'évocation de nos souvenirs pourrait peut-être faire penser à un copinage médiatique, néanmoins je tiens à dire les choses telles qu'elles se sont passées.

Ton aspect « cool », à la fois dans cette école et ensuite dans l'Église, ta vision détendue de la pédagogie dans la religion et dans l'enseignement, ta médiatisation du catholicisme, ta présence fréquente dans les médias, le prêtre sympathique à la belle gueule –

qui accepte de paraître aux côtés de stars du cinéma, qui ne trouve pas cela déplacé et peut-être même agréable –, certains ont eu à cœur de te le faire payer.

JMDF : Il est vrai que, sans le chercher, j'ai dû déranger. Mais j'étais chargé de l'éducation de futurs hommes et femmes, j'entendais le faire selon mes convictions, avec ce qui attend tout pédagogue : des réussites et des échecs.

FB : J'ignore dans quelle catégorie tu me ranges ! Attendons pour ça la fin du livre...

JMDF : Tu dis ne pas croire en Dieu. Pourtant nous nous étions perdus de vue, puis un jour tu m'as contacté.

FB : Je t'ai appelé quand je me suis marié, en effet. L'homme est fait de contradictions. Je suis aujourd'hui dans la situation d'une majorité de personnes. Je ne fréquente les églises que lors des mariages et des enterrements. Je suis donc pratiquant dans les grandes occasions. Et comme mon mariage en était une, je l'ai concrétisé à l'église. C'était en 1991. J'ai divorcé trois ans après.

Finalement tu as bien fait de ne pas être disponible pour cette cérémonie...

JMDF : Tu m'as téléphoné et nous nous sommes vus au cours d'un déjeuner. Sur le principe je t'avais dit oui, mais quand tu m'as communiqué la date et le lieu, je n'ai pu me libérer, puisque tu te mariais loin dans le Sud, et que j'étais retenu à Paris. Sinon, je serais venu avec plaisir.

FB : Si j'ai cherché à te joindre, c'est parce qu'à ce moment-là tu étais le seul prêtre dont j'avais conservé un bon souvenir. De plus, j'étais un affreux snob : tu apparaissais souvent dans les médias et je trouvais que cela aurait été amusant de te compter parmi les célébrités présentes.

Finalement, c'est le curé des Baux-de-Provence qui m'a marié et ce fut une très belle cérémonie, romantique et naïve, une sorte de prolongement de mon enfance.

Je me demande si c'est une bonne chose d'enseigner Dieu et la religion, très tôt, aux jeunes. Comment veux-tu qu'un enfant sache, ou même se pose des questions aussi fondamentales que : « Qu'est-ce que je fais là ? Est-ce que tout cela a un sens ? Y a-t-il une vie après la mort ? Et même, avant la mort ? », etc.

J'ai joué le jeu, rempli tous mes devoirs de bon petit chrétien, première communion, confirmation... et j'ai même été enfant de chœur avec une belle aube et une croix de bois. Mais tout cela sentait la corvée, tout de même. Une corvée jolie et assez fascinante, certes. Fascinante jusqu'à atteindre des effets pervers, parfois, comme au cours de cette retraite de trois jours, près de Paris, où j'ai quasiment touché à un état mystique.

JMDF :... pour préparer ta profession de foi...

FB :... oui, un truc comme ça. J'étais quasiment devenu Bernadette Soubirous. Ces questions existentielles et métaphysiques, je me les pose aujourd'hui à trente-huit ans bien plus qu'à dix ou onze ans. J'avais catéchisme, comme tous les enfants j'étais contraint d'y aller et forcément je m'y ennuyais. De même pour la liturgie : je trouve que toi qui es sensibilisé à la communication, tu devrais proposer des changements. Il y a eu Vatican II, d'accord, mais il y a encore pas mal de progrès à faire pour que la messe ne soit pas une cérémonie désespérément fastidieuse !

Tout gosse, j'étais déjà un esprit critique, rebelle même. Pourtant j'ai toujours trouvé le rite beau et émouvant. C'est déjà pas mal ! La beauté des églises, l'encens, les cantiques, tout le folklore religieux me plaît davantage que l'existence de Dieu, sur laquelle j'ai des questions et des doutes.

JMDF : Quand as-tu remis Dieu en question ?

FB : Je ne sais plus exactement. Petit garçon d'une famille catholique, je l'étais donc aussi. Et très vite, à l'adolescence, je suis passé à l'athéisme forcené. C'est seulement depuis quelques années que j'envisage une vérité, entre les deux extrêmes.

Je me suis marié à l'église et j'y enterre mes amis, aussi. Je me découvre pratiquant accidentel, sans être croyant, comme beaucoup de personnes : oui, pratiquant, sans être croyant.

JMDF : Mais dans ces moments-là, tu ne vas pas dans une église pour Dieu. Tu y vas parce que tu as perdu un ami, parce que tu penses que c'est une façon de témoigner ton affection, de l'accompagner jusque-là.

FB : Oui. En même temps cela veut dire quoi concrètement ? À chaque moment important de la vie, on se doit d'être dans un endroit de Dieu ? C'est une très bonne idée de la part de l'Église d'avoir « préempté », si j'ose dire, les grands rendez-vous de la vie.

Et cela commence dès l'enfance. J'ai fait baptiser ma fille à l'église Saint-Germain-des-Prés, j'ai donc perpétué le rite. Pratiquant, mais pas croyant ! Pratiquant, parce que je trouve que la plus grande réussite de l'Église c'est l'artistique, l'esthétique. C'est ce que dit Chateaubriand dans *Le Génie du christianisme* : « De toutes les religions qui ont jamais existé, la religion chrétienne est la plus poétique, la plus humaine, la plus favorable à la liberté, aux arts, aux lettres. » Si un écrivain contemporain osait écrire cela, quel scandale !

De plus, on vit dans un monde de bruit et de vitesse, et les églises sont des endroits de silence et de lenteur. De ce côté-là, c'est encore une réussite. J'ai accompagné ma mère et ma fille, un jour de Pâques, dans l'église de Guéthary, pour écouter des chants basques, des cantiques où les femmes répondent aux hommes. C'est très joli. Les églises comme lieu de concert, c'est parfait.

JMDF : Et aux funérailles, tu pries ou tu fais semblant ?

FB : Ce serait malhonnête de dire que je prie. Je regarde mes chaussures. Je prends un air inspiré. J'ânonne des leçons apprises par cœur, mais sans conviction. Autant l'enseignement moderne et un peu plus libéral de Bossuet a sans doute contribué à m'ouvrir l'esprit, me conduisant peut-être à la carrière littéraire et artistique que je mène aujourd'hui, autant je suis, pour le moment, la preuve d'un dramatique échec sur le plan de la foi.

JMDF : Ce que tu dis là, d'autres me l'ont dit. Notamment, un de mes anciens élèves devenu journaliste : « Si j'ai vécu un échec dans mon éducation, c'est au niveau du religieux. » Cela ne me culpabilise pas. J'ai toujours recommandé aux enseignants et aux parents chargés de la catéchèse d'œuvrer avec humilité, parce que la foi ne dépend pas seulement de la pédagogie. Elle n'est pas une réponse à des questions. Nous créons une situation qui permet à l'enfant de rencontrer Dieu, si cette rencontre doit avoir lieu. Et ce serait vanité de notre part de penser que tout repose sur nous. En fait, nous avons le devoir de tout mettre en œuvre pour que cette rencontre ait lieu et cela s'arrête là. Après, c'est l'affaire de Dieu et celle de chaque individu.

Finalement, nous t'apportions peut-être des réponses à des questions que tu ne te posais pas, ces questions existentielles qui nous préoccupent plus tard, et pas lorsqu'on a dix ans. Si ces réponses servent à certains, quand ils les retrouvent, enfouies sans doute dans leur inconscient, mais présentes, et qu'elles leur apportent la foi, nous aurons alors rempli notre devoir de transmission.

Quant à l'ennui, c'est comme en classe, cela dépend aussi de la façon dont sont pratiqués le cours, la catéchèse, la célébration de la messe ou l'éducation prodiguée en famille. Arrêtons-nous d'ailleurs, un instant, sur le rôle des parents : ils sont là pour donner, toujours, ce qu'ils considèrent comme bon, voire comme le meilleur, à leur enfant. Dès lors que les parents ont la foi, et que cela compte dans leur vie, ils ont le désir que leur enfant partage cette foi. L'es-

sentiel est qu'elle soit communiquée dans la liberté.
C'est comme l'amour. La relation avec Dieu, on peut
la comparer à une relation d'amour entre deux êtres.
Lorsqu'il y en a un qui aime, si l'autre l'aime aussi,
tout va bien ! Mais personne ne pourra forcer celui
qui ne veut pas aimer. Et l'on aura beau chercher à
l'y contraindre, il n'en aimera pas l'autre davantage,
bien au contraire.

Avec Dieu c'est la même chose. Ainsi, la mission
de la personne chargée de la catéchèse est d'être
témoin de ce qu'elle-même a découvert en Dieu, d'expliquer qui est Dieu, et la réponse se fait dans la
liberté de celui qui reçoit. Il ne peut y avoir d'intention de convaincre absolument son interlocuteur. On
n'impose pas Dieu et la foi. Il y a eu bien des tentatives, l'Inquisition, les croisades, sans succès, car
Dieu se révèle de Lui-même, par l'amour. C'est dans
la liberté qu'Il laisse ce choix, puisqu'Il a fait en sorte
que nous puissions Le rejeter et Lui dire non. Ne pas
croire n'est pas un péché si l'on ne sait pas que Dieu
est. Il n'y a d'ailleurs aucun péché qui ne soit pardon-
nable, sauf celui contre l'esprit : « Je crois en Dieu,
je sais qu'Il est, mais je le nie. » Il y a peu de personnes qui soient dans cette situation.

FB : Sur la façon d'enseigner le catéchisme, est-ce
qu'il ne reste pas encore d'énormes progrès à faire ?
Finalement, à Bossuet, la révolution n'était-elle pas
plus scolaire que religieuse ? N'est-il pas plus difficile
de faire bouger l'Église que de faire bouger l'école ?

JMDF : Tu as certainement raison, même si à Bossuet, au niveau de la catéchèse, nous avons innové.

Nous cherchions à être cohérents. Il ne fallait pas qu'il y ait une évolution pédagogique dans le domaine scolaire, et que la catéchèse demeure traditionnelle. C'est pourquoi tout fonctionnait en ateliers, y compris pour la catéchèse. L'enfant décidait de son plan de travail en début de semaine, les ateliers qu'il allait suivre, français, math, catéchèse, dessin, peinture, etc., et à la fin de la semaine il rendait compte. Tu te souviens des ateliers de catéchèse où il y avait plusieurs adultes qui recevaient et suivaient les élèves arrivant tout au long de la matinée. Ce n'était pas à un groupe constitué que l'on s'adressait, mais aux enfants, au fur et à mesure qu'ils nous rejoignaient. Il s'agissait d'un éveil personnalisé avec quelques élèves, plutôt qu'un cours directif d'un enseignant à une trentaine d'élèves réunis. En revanche, tous se retrouvaient pour les célébrations, les temps de prières.

FB : Tu étais le Che Guevara du catéchisme !

JMDF : Tu te moques mais, sans aller jusque-là, les parents qui à cette époque contestaient nos méthodes pédagogiques – je dis « nous » parce que les enseignants étaient solidaires de cette démarche – nous reprochaient de préparer leurs enfants à être des « révolutionnaires ».

FB : D'où mon soutien à Robert Hue à l'élection présidentielle de 2002. Je me demande si dans le communisme je ne cherchais pas mon christianisme oublié !

JMDF : Des « révolutionnaires » parce qu'ils seraient des adultes qui remettraient en cause ce qui est établi, qui poseraient des questions, qui ne se contenteraient pas de répondre amen, précisément, à tout ce qu'on leur dirait. Quand j'entendais ces reproches, je me disais que nous étions sur la bonne voie, celle qui prépare des hommes et des femmes responsables, debout !

FB : C'est paradoxal ! On me reproche souvent de cracher dans la soupe, mais c'est avec toi que j'ai appris ce principe de vie : l'esprit critique. Je pensais avoir été un de tes échecs et je découvre, aujourd'hui, que c'est le contraire.

JMDF : Dans ton livre *99 francs*, la façon dont tu as réagi avec le monde de la publicité prouve que, si tu as bien bouffé grâce au système, tu ne t'es pas laissé bouffer par ce même système.

FB : Le problème est que cette rébellion concerne aussi Dieu et l'Église ! Désolé, c'est toi qui m'as appris à te contredire.

CHAPITRE II

Du sens de Dieu

FB : Venons à l'essentiel. Parlons de Dieu en son absence.

Pour moi, tout est affaire de vocabulaire : « Dieu » est un mot. Certaines personnes le nomment hasard, mystère. Mais quel que soit son nom, pourquoi existons-nous ? Quel est le sens de la vie ? Dieu pourrait être une réponse, mais je l'appellerais plutôt art ou amour.

Tu m'as demandé ce qui me motive dans la vie, quand je me réveille le matin, ce qui me motive c'est l'amour de l'art, de la beauté, l'amour tout court. C'est tomber amoureux, aimer. À bien y réfléchir, si je ne peux pas dire que je crois en Dieu, je ne peux pas dire non plus qu'exister soit inutile puisqu'il y a bien évidemment autre chose que simplement bouffer, boire, faire l'amour qui me motive dans une journée. Oui, quelque chose de supérieur qui me paraît pouvoir être un absolu : l'admiration des grandes œuvres littéraires, par exemple. Quand je découvre un livre qui me bouleverse ou qui me fait rire, pleurer, lorsque je vois un film génial, quand j'aime quelqu'un... toutes ces émotions me semblent les seules raisons de vivre, et l'on pourrait y apposer le nom de Dieu pour te faire plaisir. Tu vois, je ne vis pas que pour les choses matérielles.

JMDF : Ce que tu dis n'est pas étranger à Dieu. Être sensible au Beau, le bonheur que l'on éprouve quand on aime quelqu'un ou quelque chose, dans tout ce que tu viens de décrire, moi aussi je vois Dieu. La passion de découvrir une œuvre d'art...

FB :... ou la beauté dans la nature...

JMDF :... pour un croyant, tout cela est présent en Dieu.

FB : La plupart des gens pensent être sur terre sans raison. C'est ce qui provoque cette angoisse. Je me rappelle une interview d'Alain Robbe-Grillet dans *Le Figaro littéraire*, où il soulignait la différence entre l'angoisse et le désespoir : « Dans les pays riches on est angoissé parce qu'on a le choix. Dans les pays pauvres ou totalitaires, on est désespéré parce qu'on n'a pas le choix. » Il est vrai que dans les pays occidentaux, nous sommes des enfants gâtés. Nous avons tant de libertés que cela provoque l'angoisse. Mais est-ce que cette angoisse-là n'est pas due encore à l'absence de Dieu ?

JMDF : Tu veux dire que l'on ne perçoit pas sa présence. On parle beaucoup de son silence, mais trop rarement de notre surdité. Bien sûr, face à la Shoah il y a lieu de s'interroger sur Dieu, aucune liberté de choix ne pouvant justifier de semblables extrémités.

FB : Mais si je me dis que Dieu c'est l'art, la beauté, la nature, l'amour, pour moi ça simplifie les choses.

JMDF : Oui, la beauté exprime Dieu. Mais si ce sont là tes limites, c'est très réducteur. Cela ressemble plus à une fuite qu'à une véritable conviction.

FB : Tu as dit que la religion m'apparaissait, quand j'étais enfant, comme une réponse à des questions que je ne me posais pas encore. Avec le recul, je présenterais plutôt cela comme une mauvaise réponse aux questions les plus importantes. J'en suis là aujourd'hui, et quand j'entends les prêtres parler dans leurs homélies de fidèles, de sainteté, d'Immaculée Conception... pour moi ce ne sont que des mots à côté de la plaque. En revanche, il est évident que toutes les questions essentielles, auxquelles l'Église devrait répondre, deviennent aujourd'hui, plus que jamais, d'une urgente actualité. Tant que ces interrogations resteront sans réponse le monde ne tournera pas rond.

En fait, le problème est que l'Église m'apporte de mauvaises réponses à de très bonnes questions : Pourquoi vivre ? Qu'allons-nous devenir ?

JMDF : Ce sont de mauvaises réponses, ou des réponses qui ne te satisfont pas ?

FB : Tout n'est peut-être qu'affaire de sémantique. Tu as sans doute raison sur ce point. Sans entrer dans les banalités, ce qu'on appelle « big bang », pourquoi ne pas l'appeler « Création », ou ce qu'on appelle « hasard », pourquoi ne pas l'appeler « Dieu » ? Je te l'ai dit, je suis entré en littérature pour tenter de comprendre qui je suis, à quoi sert de vivre, pourquoi tomber amoureux, aimer... Ce que je place dans la littérature, c'est peut-être ce que d'autres mettent dans la religion.

JMDF : Chacun vit sa quête selon ses aspirations profondes. Je connais le cas d'un astrophysicien qui a fait son choix professionnel en réponse à sa quête. Il a poursuivi ses études scientifiques, guidé par le souci de comprendre et de s'élever, de chercher Dieu. Aujourd'hui, avec d'autres scientifiques, il constate que la science n'a pas réponse à tout, et que même, plus elle fait de découvertes, plus elle l'amène à découvrir qu'il y a Dieu en début et en finalité de toutes choses. L'homme se heurte à une telle impasse à l'origine de l'origine, que la science est une manière d'y réfléchir, mais pas d'apporter une réponse formelle prouvant l'inexistence de Dieu.

FB : Le rationnel a besoin d'irrationnel. D'où le succès de Harry Potter !

Un jour j'ai emmené ma fille au zoo de Vincennes. Après avoir observé les éléphants, les girafes, je suis tombé en arrêt devant un étang couvert de flamants roses. C'était sublime ! Des flamants, rose pâle jusqu'à l'orange, certains rouges, même. Une soixantaine de bestioles se tenaient là, sur une patte, sur deux pattes, ou dormaient le cou posé en arrière... Dans ces moments-là, je deviens croyant. Oui, quand je vois les flamants roses du zoo de Vincennes, je crois. Devant tant de beauté, de pureté sublime, je crois en un mystère. Pour certaines personnes, les arbres seront leur révélation, pour d'autres, les hommes. Mais comme je pense que l'homme n'est pas la créature la plus réussie, je choisis les flamants roses pour me dire qu'il y a quelque chose de supérieur. Si vous mettiez, dans les églises, des troupeaux de flamants roses, il y aurait beaucoup plus de bigots !

JMDF : Tu découvres Dieu au spectacle splendide de ces flamants. Ils sont synonymes d'esthétisme, de liberté. D'autres éprouvent cette même émotion en écoutant Mozart. Tes flamants et Mozart constituent des perfections terrestres qui tendent vers Dieu, infiniment parfait. Ce qui est beau n'est pas étranger à Dieu.

FB : Mais comment définis-tu Dieu ?

JMDF : Je ne Le définirai pas. J'aimerais, tout au plus, te Le faire découvrir, te faire partager ce que le Christ nous a révélé de Lui, par tout ce qui dépasse notre petit entendement humain et qui n'est pas seulement du domaine de la raison. Toi, tu cherches des preuves, des preuves de l'existence de Dieu et tu ne vois pas tous les arguments « convergents et convaincants » qui amènent l'homme à de véritables certitudes. Tu veux que je te définisse Dieu. C'est encore une manifestation de ton matérialisme ! Mais comment donner une définition de Dieu, avec notre langage, alors que nous Le connaissons si peu ? Et nous connaissons, par conséquent, peu les mots pour Le définir, puisque nous n'avons pour en parler que nos pauvres paroles humaines. Certains de ces mots résonneront pour moi, quand pour toi ils n'auront aucun sens. À chacun sa perception de Dieu. Pour moi, c'est une présence permanente à mes côtés. Je Le connais par ce que le Christ m'en a dit et par ce que je vis à l'intime de moi-même. Chez les chrétiens, la foi est nécessairement christologique. Le Christ est Dieu, et la christologie aide la foi par le passage de la divinité dans l'humanité du Christ.

FB : C'est donc quelqu'un, puisque tu as besoin, semble-t-il, d'incarner Dieu.

JMDF : Il ne s'agit pas de besoin. C'est ma foi. Le Christ c'est quelqu'un qui est présent, à mes côtés, en permanence.

FB : Donc moi, Il m'accompagne chez Régine, dans les boîtes à la mode ?

JMDF : Il est peut-être plus présent là qu'ailleurs.

FB : Pourtant Régine n'est pas la Vierge Marie ! Si j'évoque les boîtes, c'est que ce sont des lieux de divertissement qui symbolisent bien l'hédonisme éphémère.

JMDF : Si des gens y sont en danger moral, Dieu a encore plus de raisons d'être là qu'ailleurs. Dieu n'est absent de rien de ce qui fait notre vie: Toujours là ! Quand j'allais au festival du cinéma à Cannes, dans le cadre des responsabilités que m'avait confiées l'Église, on me demandait souvent ce que je faisais dans ces lieux de perdition. Je répondais qu'il ne me semblait pas que le cinéma et Cannes soient des endroits de débauche, mais que, si tel était le cas, ma présence comme prêtre aurait été justifiée, plus qu'on ne pouvait le croire. Et j'y étais avec Dieu.

Je crois en Dieu et je l'aime. Mais je ne me prive pas de lui adresser des reproches, de lui crier mes révoltes.

FB : Comme Fernandel dans *Don Camillo*, imperti-
nent mais soumis.

JMDF : Je ne vis pas ma foi comme une soumission. Non. Simplement, je sais que Dieu est, cela me
comble. Lorsque Moïse Lui pose la question, c'est ce
qu'Il répond : « Je suis. » « Je suis celui qui est. »

FB : Dieu est un grand écrivain ! Seul Herman
Melville a fait aussi fort avec le fameux : « Je préférerais ne pas » de Bartleby[1]. « Je suis celui qui est. ».
Fallait oser ! C'est là évidemment que je décroche.
Pourquoi le Dieu de Moïse et pas celui de quelqu'un
d'autre ? Pourquoi aux questions essentielles :
« qu'est-ce qu'on fait là ? », les réponses doivent-elles
forcément être Dieu, le Christ, et pas Bouddha, Mahomet ou même plusieurs dieux ? Pourquoi le mono-
théisme plutôt que le polythéisme ? Les Sumériens,
les Égyptiens, les Grecs et les Romains avaient des
dizaines de dieux. Chacun pouvait se reconnaître.
C'était pratique. Pourquoi choisir ton modèle de dieu
plutôt qu'un autre ?

JMDF : Parce que pour nous, les chrétiens, Dieu a
été révélé par le Christ qui est venu nous dire qui est
Dieu et cela lui a coûté la vie.

FB : Vous pensez que vous êtes davantage dans le
vrai que ceux qui croient en Mahomet et en Allah ?

JMDF : Là tu abordes un point sensible, objet de
grands débats internes. La vérité, c'est quelqu'un,
c'est Jésus-Christ. Et l'Église ne dit pas qu'elle

---

1. Personnage du roman de Herman Melville *Bartleby le scribe*
auquel l'auteur fait tenir cette réponse irrévocable et universelle en
résistance absolue au monde matériel.

détient la vérité. Elle dit qu'elle la connaît, et qu'elle essaie de la vivre. Jean-Paul II ajoute cependant : « Dans chacune des grandes religions, il y a une parcelle de vérité. »

FB : Mais là c'est Jean-Michel di Falco que j'interroge. Tu adhères à cette affirmation de l'Église et du pape ?

JMDF : Je n'aménage pas ma propre religion. La foi n'est pas une grande surface dans laquelle on chargerait son Caddie en sélectionnant ce qui nous plaît, et en abandonnant le reste, comme le font certains qui se disent catholiques pratiquants mais qui affirment ne pas croire en la Résurrection.

Quand des sondages nous révèlent qu'un pourcentage important de catholiques pratiquants ne croit pas en la Résurrection, je ne comprends pas. Si l'on n'y croit pas, tout le reste n'est qu'une belle histoire, et le Christ devient un sage comme d'autres sages, ou gourous chez les bouddhistes, dont aucun n'a été Dieu.

FB : Mais pour toi et l'Église, Jésus est venu incarner l'idée de Dieu. Cette idée était difficile à conceptualiser. Les hommes ressentaient peut-être la nécessité de Dieu, alors ils L'ont inventé, et les chrétiens y ont ajouté le Christ, pour renforcer le message en lui donnant un corps.

JMDF : Le sens du divin, la dimension spirituelle fait partie de l'essence même de l'homme. Qu'il y ait eu, avant la Révélation, des peuples qui s'inventaient des dieux, constitue pour moi une preuve supplémentaire de la nécessité fondamentale, pour l'homme, d'avoir une relation avec le divin.

FB : Il faut qu'il y ait quelque chose qui explique pourquoi nous sommes là ! Je parle des flamants roses et toi de Mozart. Mais ma fille, quand elle est née, quand je l'entends rire, quand je la vois, je ressens une sorte de bouffée d'amour. J'ai l'impression d'être plus grand que juste un homme, d'être habité d'une chose supérieure. Je me prends pour Dieu ! Puis je pense qu'il est impossible de vivre sereinement et d'accepter que tout cela ait une fin. L'homme a peut-être créé Dieu par peur de la mort ? C'est ce que note Flaubert dans ses carnets de jeunesse : « L'idée de l'immortalité de l'âme a été inventée par le regret des morts. »

J'ai grandi dans un monde où l'on a supprimé bien des valeurs : la famille, le mariage... Tout le monde divorce, j'ai fait un enfant et ne vis plus avec sa mère. Ne parlons pas de la mondialisation, de la suppression des frontières – la notion de patrie n'existe plus vraiment –, de l'uniformisation du monde, de la fin de l'utopie communiste... C'est tout de même très important la chute des idéologies, de la religion, des utopies. Il n'y a plus de Dieu, il n'y a plus d'espoir en une égalité entre les hommes, il ne reste plus que la consommation. Dans ce monde où j'évolue depuis trente-huit ans, on a besoin d'une nouvelle utopie, ou d'une explication. On ne peut pas juste dire aux hommes : naissez, consommez et mourez !

Cela ne peut satisfaire personne, et c'est pour ça que les gens ne croient plus en rien et sont désespérés. Alors, comme on l'a dit, ils se retournent vers l'hédonisme, la civilisation du désir, la pub, le sexe. Et le plaisir qu'on trouve aussi dans la drogue. L'homme a besoin d'un rêve. Oui, la nécessité de Dieu, aujourd'hui, vient du fait que l'homme a besoin de rêver ! C'est ce qu'explique très bien Régis Debray dans son livre, *Dieu, un itinéraire.*

Et là encore, tout nous sépare, car je ne parviens pas à considérer Dieu, tel que tu Le vois, toi, comme LA réponse.

JMDF : Autrement dit, et c'est ma constatation : tu aimerais avoir la foi, parce que cela serait une réponse.

FB : Bien sûr, j'aimerais pouvoir croire en quelque chose. J'en ai marre de n'avoir foi que dans la rationalité.

JMDF : Moi c'est en quelqu'un que je crois. Le nihiliste que tu es me surprend. Quand j'ai lu ton roman *Windows on the world*, j'ai trouvé que Dieu apparaissait à qui veut le voir, à chaque page. Tu parles de « certaines valeurs », tu évoques ta fille avec émotion ; alors qu'auparavant tu disais que Dieu n'existe pas dans l'homme, qui n'en est pas digne, il existe dans ta fille ?

FB : Oui, parce que ma fille c'est le Messie ! En fait, devant tant de pureté, je crois en ma fille. J'ai foi en elle.

JMDF : Te voilà panthéiste. Ta fille, les flamants, la nature... « Tout ce qui est, est en Dieu », disait Spinoza. Sur ce point, je suis d'accord avec lui. Face à Chloë tu sens qu'il y a quelque chose qui te dépasse.

FB : Oui, c'est vrai. Comme j'ai grandi dans une ville, je n'ai jamais réellement éprouvé le contact avec la nature. Quand je vois le ciel, les couchers de soleil, quand je suis transporté par le *Requiem* de Fauré, quand je sens qu'un écrivain atteint le sommet, que tout s'imbrique, la forme, le fond, qu'il a trouvé la façon unique de dire le monde, tout à coup je suis en communion.

JMDF : Tu parles comme saint Augustin : « Interroge la beauté de la terre, interroge la beauté de la mer, interroge la beauté de l'air qui se dilate et se diffuse, interroge la beauté du ciel, interroge toutes ces réalités ; [...] qui les a faites sinon le Beau[1] ? », c'est-à-dire Dieu, qui est l'ordre et la beauté du monde.

FB : La naissance de mon propre enfant, le fait d'avoir donné la vie m'a bouleversé. Je me suis senti envahi d'une sensation rare, extraordinaire. Je pense que je ne me serais pas posé les mêmes questions avant la naissance de ma fille, il y a cinq ans.

JMDF : Parce que tu te les poses pour elle.

FB : Pour elle, je m'interroge, oui ! Dans quel monde l'ai-je entraînée ? Sur cette planète dévastée, dénuée de sens ? C'est profondément égoïste de faire un enfant. Je me sens d'autant plus responsable qu'elle n'y est pour rien. Et si je dis que ma fille est divine, c'est parce qu'elle est belle, comme tous les enfants, et que cette notion d'amour me plonge dans

---

1. Catéchisme de l'Église catholique, Saint Augustin, Sermon 241,2.

un état de grâce. Je pense que je n'aurais pas eu envie de ce livre si je ne m'étais pas retrouvé père.

JMDF : Tu voulais une définition et tu l'as trouvée toi-même. Tu y es venu tout seul. Dieu est amour.

CHAPITRE III

De l'utilité de Dieu

FB : Tu crois en Dieu, et par conséquent tu dis que les hommes ont été créés par Dieu. Mais s'Il a été inventé par les hommes, cette invention n'a-t-elle pas fait beaucoup trop de dégâts ? Autrement formulé, j'en reviens toujours à la même question : à quoi sert Dieu ?

JMDF : Tu négliges aussi tout ce que l'Église a apporté, hôpitaux, éducation, accueil des plus pauvres, mais passons... Dieu n'est pas là pour nous servir à quelque chose, comme nous ne sommes pas là pour nous en servir. Cependant, c'est bien une question que certains se posent, parce que nous sommes dans une relation à Dieu de type utilitaire. Il m'arrive souvent, devant mes assemblées du dimanche, de dire : « Vous êtes venus ce matin assister à la messe, vous avez des demandes à adresser à Dieu. Oubliez-les. Priez pour les intentions, que vous ignorez, de ceux qui sont à côté de vous. Rassurez-vous, en procédant ainsi, les autres prieront pour vous et vous vous y retrouverez ! »

FB : En fait, tu négocies. Tu es un vrai commerçant ! Priez pour votre voisin, il priera pour vous. Cela me rappelle un célèbre pari. Si vous n'avez rien à y gagner, en tout cas, vous n'avez rien à perdre, à croire en Dieu.

JMDF : Je cherche simplement à aider les gens à sortir de leurs préoccupations personnelles, à les détacher d'eux-mêmes et de cette relation utilitaire à Dieu. Ainsi deviennent-ils, un instant au moins, davantage tournés vers les autres. Plus je me vide de moi-même, de tout ce qu'il y a en moi d'égoïsme, de ces choses dont je ne suis pas fier, plus je me laisse habiter par Dieu.

FB : C'est intéressant. La métaphysique, finalement, ayant pour seul but d'être physique. La transcendance est là pour nous rendre plus humains. Hou ! la vache, c'est vachement ardu comme échange !

JMDF : Dans la prière, nous ne devrions pas d'abord demander à Dieu d'exaucer nos vœux personnels, donc de se plier à nos souhaits, mais plutôt de nous aider à faire sa volonté.

FB : N'y a-t-il pas derrière cette idée de Dieu une sorte de besoin, bassement humain, d'obéir aux ordres de quelqu'un ou de quelque chose de supérieur ? N'est-ce pas la condition humaine qui, elle-même, est angoissante ? On aurait donc inventé Dieu pour fuir cette angoisse. Parce que, comme dit Pascal dans *Les Pensées*, l'idée de la mort est tellement insupportable à l'homme qu'il la fuit dans le divertissement, et il a tort, parce que la vraie réponse, c'est Dieu. Moi, je suis convaincu de ce que Dieu est une esquive pour fuir la mort, de ce que Dieu est un divertissement. C'est d'ailleurs pour cela que l'on voit les gens, à partir d'un certain âge où ils se sentent vieillir, devenir de plus en plus croyants et pratiquants. C'est un peu schématique, mais vrai : à l'approche de la mort, les vieux fréquentent l'église plus intensément, ou s'interrogent sur Dieu, plus souvent qu'ils ne l'ont fait au cours de leur vie. Mitterrand n'y a pas échappé qui, sur ses vieux jours, s'est révélé plus proche des interrogations spirituelles et métaphysiques qu'il ne l'avait jamais été auparavant. Si avec le clonage humain on parvenait à supprimer la mort, les églises se videraient illico presto.

JMDF : Tu crois ça ? Ces interrogations ne sont pas liées à la crainte de la mort approchante, mais à un regard sur sa vie qui, progressivement, se fait différent. L'essentiel de l'existence étant passé, c'est parce que les personnes âgées ont acquis une certaine maturité qu'elles se posent des questions qui les préoccupaient moins auparavant. Elles portent un regard autre sur ce qu'elles ont été, sans ignorer, c'est vrai, le seul point dont on soit tous certain, qu'un jour on quittera cette terre. Mais imaginons ton hypothèse absurde que l'on ne meure plus, je suis persuadé que les hommes se tourneraient néanmoins vers Dieu, pour y puiser la force d'être meilleurs, ce qui peut répondre à leur besoin d'infini.

FB : Une autre problématique dont je suis certain aussi, c'est que l'homme du XXIe siècle assiste à la mort de Dieu, ou au moins à son absence, l'absence de sens, « l'absurde », comme dit Camus.

JMDF : Non. Je crois que l'on assiste plutôt à une certaine mort de l'homme, à la mort de ce qu'il y a de meilleur en lui. Et dans ce cas, Dieu a peut-être là une « chance » de retrouver sa place. Mais quel terrible constat !

FB : On nous brandit Dieu comme quelque chose d'utile, de nécessaire. Et si, tout comme Dieu, la mort était le fonds de commerce des religions, la disparition de la mort ne serait-elle pas la mort de Dieu ? La mort de la mort serait, du même coup, la mort de toutes les religions. Et vous mettriez tous la clé sous la porte. Enfin, ce n'est pas pour demain...

Moi, ce qui me plaît le plus dans la religion, c'est son inutilité absolue. Dans *De la religion considérée dans sa source, ses formes et ses développements*, Benjamin Constant affirme que seule la religion est capable d'inspirer à l'homme le désintéressement. J'aime bien cette idée de gratuité. C'est très important. L'utilité de Dieu, c'est qu'il est inutile.

CHAPITRE IV

De l'instrumentalisation de Dieu

FB : Venons-en maintenant au grief principal contre Dieu. S'Il existe, on Lui doit pas mal de conflits destructeurs, guerres de religion, terrorisme, fanatisme, intégrismes : j'ai l'impression que Dieu est coupable de beaucoup de nos malheurs. Aurait-Il créé les hommes pour le plaisir de les voir s'entre-tuer, Lui qui provoque des millions de morts prématurées dans le monde entier ?

JMDF : Tant à travers l'islamisme aujourd'hui (et non l'islam) que dans les périodes troubles du christianisme, la question qui se pose est de savoir si ces malheurs sont le fait de Dieu ou de ce que les hommes font de lui. Les exemples récents de ceux qui partent en guerre en son nom ne manquent pas. À chaque fois, ce n'est pas Dieu qui est en cause, mais les hommes qui l'instrumentalisent. Heureusement, le résultat n'est jamais probant. Chaque fois que certains ont voulu se servir de Lui pour imposer un pouvoir, une autorité, une façon de voir, cela a conduit tôt ou tard à l'échec. Il y a des événements face auxquels nous sommes totalement démunis, comme la maladie, la souffrance. Mais il y en a tant d'autres dont nous sommes seuls responsables et pour lesquels il est vain d'incriminer Dieu. Il faut cesser de se défausser avec des phrases du type : « Si Dieu existait, telle situation ne serait pas possible. » Ce n'est pas Dieu qui fait la guerre, ce sont les hommes.

FB : Ce n'est pas un peu facile de dire : quand tout va mal c'est la faute des hommes, et quand tout va bien c'est grâce à Dieu ?

JMDF : Non. Quand tout va bien c'est toujours et encore le fait des hommes, comme ces grandes figures de l'Église, de celles qui illustrent son histoire : les saints. Ils ont certainement puisé leur force en Dieu, mais ce sont eux les seuls acteurs de leurs réalisations. Quand on évoque Mère Teresa, il n'y a aucun doute, c'est elle qui a agi, c'est elle qui a réussi à mobiliser des êtres autour d'elle pour leur insuffler le désir de se mettre au service des autres. Elle a puisé toute cette volonté, cette extraordinaire énergie, dans sa foi. Avant de dire « rendons à Dieu ce qui est à Dieu », il faut d'abord rendre aux hommes ce qui est aux hommes. Je parle des saints, je pourrais citer aussi des hommes, des femmes qui ont donné leur vie aux autres et qui n'avaient pas la foi.

FB : Justement, rappelons un peu quelques « hauts faits » récents des hommes. Depuis un siècle on assiste à la destruction massive, industrielle, de l'humanité. On a emmené des êtres humains par convois entiers pour les brûler. Certains épisodes lamentables du xxᵉ siècle auraient été impossibles auparavant, pour des raisons techniques, et le développement de cette technologie a enrichi l'imagination destructrice. Mon côté « Nostradamus » me fait dire que ce n'est probablement pas terminé. Ces armes nucléaires qu'on a créées pendant la guerre froide pour dissuader l'ennemi de se servir des siennes, aujourd'hui on va peut-être commencer à les utiliser, ici et là sur la planète, et sans doute au nom de Dieu, comme on le fait déjà pour les conflits « conventionnels ». L'homme du XXIe siècle ne me rassure guère ! Et si les fous de Dieu venaient à posséder l'arme nucléaire, je ne suis pas certain que Dieu nous serait alors d'un quelconque secours.

J'ai eu la chance de ne pas m'être trouvé dans les tours du World Trade Center. Mais pour l'écriture de mon dernier roman, j'ai tenté d'imaginer la situation des victimes, leurs questions des derniers instants par rapport à Dieu. Elles ont dû se demander où Il était, s'Il existait. En revanche, elles ont dû avoir la certitude que le diable était bien présent. Au quotidien, il suffit de regarder la télévision pour voir combien son agenda est chargé. Satan est surbooké. Cioran s'en était inquiété : « Si l'on admet que c'est le diable qui gouverne le monde, tout s'explique. Par contre, si c'est Dieu qui règne, on ne comprend rien. »

JMDF : Tu crois au diable alors que tu dis ne pas croire en Dieu ?

FB : Oui, et c'est déjà un début ! Je pense qu'il y a le bien et le mal, évidemment. L'équilibre entre ces deux notions n'est pas toujours facile à distinguer. Parfois on croit faire le bien et on fait le mal, à la façon de George Bush. Néanmoins, ce mal que je m'amuse à nommer diable existe, et j'ai l'impression qu'il est sur le point de l'emporter. Satan existe, je l'ai rencontré !

JMDF : Mais qui agit ? Nous.

FB : Encore la culpabilisation catho !

JMDF : Quand j'incrimine les hommes, tu prétends que je culpabilise, insinuerais-tu de manière induite que tu crois au diable et non à la folie des hommes ? Je ne fais que souligner notre responsabilité sans pour autant nous culpabiliser. Mais reconnaissons que Dieu, comme le diable, le bien ou le mal, agissent par nous. Ce sont les hommes qui sont à l'origine de leur propre bien ou de leur propre mal.

FB : Je me demande si la lutte ne se situe pas entre un dieu du bien et un dieu du mal, comme il est dit dans la mythologie hindouiste. Évidemment, on est tous pour que le dieu du bien l'emporte, mais ce n'est pas ce qui se profile. Le texte de l'Apocalypse n'est-il pas important à lire en ce moment ? On a de bonnes raisons d'être terrifiés par l'avenir et n'assiste-t-on pas, actuellement, à la fin du monde ?

JMDF : Dans ce cas, c'est qu'un nouveau monde va naître, et en cela, c'est la seule vision optimiste que l'on pourrait avoir d'un tel bouleversement. L'inégalité est constitutive de notre condition. La façon dont les hommes perçoivent les injustices ne nous a-t-elle pas conduits, entre autres, aux délires du 11 septembre, même si le désespoir ne peut pas être l'unique raison ? Peut-être, trop longtemps, nous sommes-nous désintéressés de ceux qui meurent de faim et de manque de soins. Peut-être tout ce chaos est-il une conséquence de nos sociétés qui vivent trop dans l'oubli, dans l'abandon des défavorisés, malgré l'utopie égalitaire toujours annoncée mais si peu encouragée.

FB : Oui. Aujourd'hui, c'est la mort de ces idéologies. Et peut-être est-ce arrivé parce que auparavant il y avait eu la mort de Dieu, la disparition de la religion ?

Il ne faudrait plus d'« isme », plus de ces utopies dont on compterait les morts, même si nous avons tous besoin d'utopies. Chacun doit avoir ses propres rêves, faire ses propres révolutions internes. Mais prôner l'utopie de Dieu ne me semble pas plus rassurant. Voir en Dieu un idéal ? Chaque fois cela a fait beaucoup de dégâts. Je voudrais souligner deux points : premièrement, je n'ai pas besoin de croire en Dieu pour faire le bien ; deuxièmement, au XXIe siècle, Dieu semble présenter plus d'inconvénients que d'avantages.

JMDF : Tu vois le mal qui a été fait au nom de Dieu ! Et le bien ? Je persiste : ce n'est pas Dieu, c'est l'idée de Dieu, ce qu'on en a fait. Ceux qui se sont totalement attachés à Dieu, de façon complètement désintéressée, ce sont les saints. Ce sont eux qui sont allés jusqu'au bout, pas les autres. Comme les moines de Tibhirine, en Algérie, par exemple. Chacun d'entre eux était un serviteur, tout en disponibilité, générosité, prière. Ils n'étaient pas des hommes de puissance, d'argent. Ils n'ont pas essayé d'imposer la foi chrétienne dans l'univers musulman où ils vivaient. Ce

sont des hommes qui ont donné leur vie en toute plénitude, et qui ont été heureux jusqu'au bout. Ils ont
su ce qu'est le bonheur authentique, même si c'est un
bonheur qui te déconcerte.

FB : Oui, parce que j'ai du mal avec l'idée chrétienne du sacrifice, avec ce goût du martyre. Tu parles
de la sainteté, très bien. Il y a des principes de générosité, de charité qui sont très beaux, mais peu efficaces
contre la tyrannie, la haine, la barbarie, la violence.
Les moines de Tibhirine se sont comportés avec un
courage et une dignité exemplaires, mais ils sont
morts. Et face à ces hommes de bien et face au mal,
je me demande pourquoi nous écoutons plus souvent
le diable que Dieu. Pourquoi lui cédons-nous plus
facilement qu'à Dieu ?

JMDF : Tu l'as dit. Nous « cédons » au mal. Nous
« cédons » à la facilité, nous nous laissons aller à nos
mauvais penchants. En échange, répondre à Dieu est
un acte de volonté, une démarche quasi héroïque.
D'un côté il y a une pente où il suffit de se laisser
glisser, de l'autre il y a l'effort, l'exigence.

FB : Mais alors, si Dieu existe, je répète ma question, à quoi sert-il ? Ou pourquoi les hommes l'ont-
ils inventé ?

JMDF : Dieu n'a pas été inventé. Il est. Et l'homme
a été créé par Dieu et pour Dieu. Ceux qui ne croient
pas en Lui sont mus, souvent, par la crainte, par l'incompréhension face à l'aspect sublime de Dieu. Et
seul celui qui Le cherche peut Le trouver. C'est
comme au Loto, seuls ceux qui prennent un ticket ont
des chances de gagner. Dieu a donné aux hommes un

ticket, la faculté d'être « capables » de Le trouver, à eux de faire bon usage de cette possibilité, de cette chance.

Maintenant, puisque tu insistes sur le « à quoi sert-Il », je dirais que Dieu sert à trouver la vérité, Il sert à relier les hommes. Il est la source d'un bonheur grandissant même dans la souffrance. Que certaines de ses créatures l'utilisent à des fins diaboliques et violentes, hélas, l'histoire le démontre sans cesse. Mais l'on pourrait se lancer dans un raisonnement de pure fiction et imaginer, partant de l'idée que Dieu a été inventé par les hommes, ce qui se serait passé si tel n'avait pas été le cas, s'il n'y avait pas eu Dieu. Peut-être la vie n'aurait-elle été que mal, les hommes ne cédant alors qu'à leurs plus bas instincts, puisqu'ils n'auraient connu que ça. Même lorsqu'il utilise Dieu, l'image du bien, pour faire le mal, l'homme ne trompe que lui-même, pas l'histoire. Avec le recul, nous savons tous faire la part des choses et lire dans les faux desseins altruistes ou généreux. Et l'on sait que, à terme, l'instrumentalisation de Dieu ne s'avère jamais profitable.

FB : Après cela, tu t'obstines à croire en l'homme ?

JMDF : Oui, et je pense que tu y crois aussi.

FB : J'ai grandi dans un monde assez matérialiste, sans idéal. J'ai bâti une sorte de cynisme d'autodéfense et, malheureusement, j'ai plutôt tendance à voir la réalité autour de moi justifier cette attitude. J'ai l'impression que le pessimisme est une question de survie. Chaque jour de nouvelles raisons nous y incitent, c'est le seul moyen de ne pas être déçu par l'existence. Être optimiste, faire confiance en la morale victorieuse, être tolérant et ouvert, c'est ce que tout le monde souhaite. En même temps, beaucoup de ces valeurs sont battues en brèche, et j'ajouterais, pas récompensées. On est dans une société de plus en plus égoïste, individualiste, hédoniste. En regard, il y a ceux qui bâtissent des cathédrales ou des mosquées, qui croient, qui pratiquent et qui prient. Je me dis que, avec tout ce que les hommes ont fait pour lui, Dieu aurait tout de même pu se donner la peine d'exister ! En disant cela, j'exprime mon regret de constater que Dieu est absent. Oui, tu vois, je regrette l'absence de Dieu, même si je n'en vois que trop les conséquences négatives, les violences, les guerres, le fanatisme... J'aurai grandi dans une société terrifiante, tout de même. Ces avions qui ont percuté et détruit le World Trade Center, ces avions tueurs étaient pilotés par des hommes qui croyaient, comme toi, en l'absolu de Dieu, en Dieu l'Unique et qui sont venus l'affirmer à la face du monde, dans le sang. À Madrid aussi ! Devant ces images qui continuent de m'obséder, devant cette utilisation de Dieu par ces fous de Lui, comme devant les Américains qui décident tout, au nom de Dieu, parce qu'ils disent être son peuple élu et qu'ils le crient en chantant quand ils torturent : « *God bless America* » (Dieu bénisse l'Amérique), je me dis que Dieu aurait mieux fait de ne pas exister, pour ne pas devenir le plus terrible des alibis.

Ma seule question récurrente, quotidienne, harcelante, demeure : « Ce monde a-t-il un sens ? » Et en face, la seule chose que tu me répondes, c'est : le Père, le Fils, le Saint-Esprit, qui en fait sont tous les trois la même chose ! Et comme si ce n'était pas assez compliqué, tu vas ajouter que la Vierge est la mère de Dieu, mais qu'en fait elle n'a pas été fécondée par un homme, par personne d'ailleurs, en tout cas pas par son mari Joseph qui, bien que son seul homme, n'est pas le père de son fils ! C'est super simple ton truc ! Et tu me demandes de croire à tout ça ?

Il y a un horrible décalage entre cette question « ce monde a-t-il un sens ? », question d'une brûlante nécessité, et tout ce schéma évangélique, christique, qui paraît déconnecté de la réalité. Non, je ne parviens pas à croire en tous ces principes, en cette organisation de l'univers et des hommes. La réalité c'est que j'ai le sentiment qu'on vit dans un monde qui arrive presque à son terme, peut-être que la planète ne va plus durer très longtemps, et qu'il faut tout faire pour sauver cette nature et cet environnement, que les gens deviennent tous dingues, qu'on a une vie complètement creuse et que l'homme court à sa perte.

C'est pour ça que j'éclate de rire, en pensant qu'il y a des choses bien plus urgentes que tes histoires de Dieu, du Christ, de l'Esprit Saint et de la Vierge Marie.

JMDF : Avant de répondre à tout ce que tu viens d'énumérer, je tiens à dire : il y a l'amour. Quant à ta question « Le monde a-t-il un sens ? », oui : l'amour. L'amour de Dieu, l'amour des autres, l'amour de soi...

CHAPITRE V

De la foi

FB : Ce qui engendre la violence que nous vivons aujourd'hui, ce qui différencie la raison démocratique du fanatisme terroriste, c'est notre attachement viscéral au matérialisme. Il y a dans notre système – qui pourtant nous rend libres, nous laisse le choix – une absence de finalité. Tandis que dans d'autres parties du monde, dans d'autres sociétés, dans d'autres religions, la spiritualité est une donnée première et essentielle. Peut-être manquons-nous du sens religieux ? Ou bien notre système a simplement comme but son autodestruction ? Dans le capitalisme, la consommation signifie « consumation »... de soi-même. D'où cette violence, cette solitude. Notre mode de vie confine au suicide doré.

JMDF : Et c'est dans les pays les plus riches que les populations se détournent le plus de Dieu. Ce qui tend à accréditer la terrible thèse largement répandue par les détracteurs de la religion, thèse que je réprouve, qui veut que les pauvres gens, n'ayant aucun espoir de jours meilleurs, se réfugient dans la foi en un être supérieur qui, à un moment ou un autre, pourrait les aider dans leurs épreuves. Dieu devient alors leur seul espoir.

FB : C'est ce que je disais : l'Église n'attire que les vieux (parce qu'ils ont peur de la mort) et les pauvres (parce qu'ils n'ont rien à perdre). Nietzsche dit que la religion est le produit du ressentiment. Un truc d'esclaves !

JMDF : Bien sûr, je m'inscris en faux face à une telle théorie. Que fais-tu de ceux qui n'entrent pas dans ces catégories ? Bien des exemples prouveraient le contraire. Mais cette extrémité ne concerne-t-elle pas aussi notre société de nantis ? Après avoir touché un peu à tout, au fric, au sexe, à la drogue, n'y a-t-il pas un moment où ces désespérés réalisent que ce qu'ils « cherchent », le besoin d'infini, de plénitude, de dépassement, de bonheur, est ailleurs : dans la découverte de Dieu, dans la foi ?

FB : Cela nous conduit à ce paradoxe : la culpabilité de vivre dans des pays riches, alors que le reste de la planète crève de faim et de maladies, et la culpabilité de vivre comme dans la Rome antique, dans des pays décadents qui auraient perdu le sens de Dieu, nous confrontent à des gens qui sont prêts à nous tuer pour nous faire entendre leur raison. D'où là encore : Dieu provocateur de guerres.

JMDF : Non ! Tu sais bien que dans ce cas Dieu n'est qu'un prétexte, un alibi pour justifier des actes inqualifiables. L'homme de foi sert Dieu et ne s'en sert pas pour parvenir à des fins que Dieu réprouve. Après le 11 septembre, et à la suite de tous ces attentats suicides qui déchirent l'Orient, l'Indonésie, le Maroc, l'Espagne, certaines personnes m'ont dit combien, pour elles, au-delà de la révolte provoquée par ces massacres, ces actes constituent de véritables témoignages donnés par des croyants. Je précise tout de suite que je ne partage en rien ce point de vue. Elles étaient presque admiratives de ces certitudes qui habitent les fanatiques endoctrinés au point de sacrifier leur vie terrestre pour la promesse du paradis. Voilà une singulière appréciation de la foi ! C'est là qu'il faut faire appel au discernement, au sens chrétien du terme, parce que Dieu s'exprime par l'intermédiaire des hommes. Il convient donc de relativiser ce que ces mêmes hommes prétendent tenir de Dieu. Dans les trois religions monothéistes, nous avons au moins en commun la foi en Dieu, Père incréé, invisible, Créateur de l'univers. Et pour les chrétiens, la foi est un don de Dieu que l'homme a la liberté d'accueillir ou de rejeter.

FB : Pour ma part, je n'ai aucune sorte d'admiration pour des malades qui se suicident dans le but de déchiqueter le maximum de civils innocents. Ce sont justes des fous dangereux à enfermer d'urgence ! Un fanatique, c'est quelqu'un qui ne doute pas. Donc il devient fou ! Il ne supporte pas que tout le monde ne soit pas comme lui. Il devient violent parce que, au fond de lui, il redoute que Dieu n'existe pas. Il tue les autres et se suicide parce qu'il en a marre de ne pas avoir convaincu. « Ce n'est pas le doute, c'est la certitude qui rend fou. » (Nietzsche)

JMDF : Je partage totalement ton analyse. Ces fanatiques, sont-ils pour autant plus croyants que leurs frères en religion ? On ne peut établir de baromètre de la foi. Lorsque les églises étaient pleines cela ne signifiait pas que les fidèles étaient plus croyants. Je me souviens avoir reçu des confidences au Maroc, au cours d'une période de ramadan où certains m'ont avoué respecter le jeûne uniquement par crainte de problèmes avec leur environnement privé et professionnel. Le christianisme a connu la même pression sociale. Aujourd'hui, Dieu est, plus que jamais, notre liberté. Aucune loi ne pourra jamais contraindre à la foi.

FB : Pour moi, la liberté et la démocratie passent avant tout. Et dans ces deux principes, je me demande s'il y a la place pour la foi, pour Dieu. Chez les catholiques, n'est-ce pas l'Église qui l'impose, et dans ce cas, où est la liberté individuelle ?

JMDF : La foi est la réponse libre de l'homme à Dieu, qui se révèle à lui. Il s'agit d'un acte personnel. Bien sûr, l'Église est garante de cette foi depuis l'origine. Elle garde la parole du Christ, celle des apôtres, et la perpétue comme une mère éduque son enfant. Mais d'abord, il y a la foi individuelle qui est constitutive, précisément, de chaque individu.

FB : Je crois, donc je suis !

JMDF : Auparavant il aura fallu dire : « Je pense, donc je suis. » À cette intelligence viendra se joindre la dimension spirituelle, ce besoin métaphysique qui nous différencie des animaux. Et l'on ne peut pas occulter l'existence du désir de Dieu dans toute l'humanité. Dans toute civilisation, toute culture quelle qu'elle soit, il y a toujours un regard vers « le haut », l'ailleurs, cet au-delà qui nous dépasse. Il y aura forcément ceux qui diront que l'on invente des religions quand on n'est pas en mesure d'apporter les réponses. Que ces religions sont autant de protections, de refuges et qu'il est facile de tout mettre sur le compte de Dieu. C'est là qu'intervient la foi. On n'a aucun moyen d'expliquer avec certitude l'apparition de l'humain sur terre, alors que l'homme est une réalité indiscutable.

Souvent, quand je suis dans une gare ou dans un aéroport, que je vois des foules aller et venir, je tente d'imaginer l'histoire, la vie de chacun. Je me dis qu'il n'est pas possible que, derrière chacun d'eux, il n'y ait pas une pensée supérieure qui nous dépasse. Pas possible que ce soit le fait du hasard. Et c'est précisément parce que je suis persuadé que c'est impossible, que je suis renvoyé à ma foi en y trouvant le seul sens et, j'ose utiliser le mot, le seul sens rationnel !

FB : Évidemment il n'y a pas d'argument contre la foi, ça regarde chacun d'entre nous et on ne peut reprocher à quiconque de croire. Notre dialogue est un dialogue de sourds entre la foi et la raison. Simplement si comme moi on considère que la mort est LA fin, qu'après il n'y a rien d'autre que le néant, il devient beaucoup plus difficile d'adhérer à tout le reste. Et la Résurrection est peut-être le point de clivage entre les athées ou agnostiques et les croyants. Il y a un vrai fossé entre les deux idées, parce qu'on vit dans une civilisation scientiste. Je ne suis pas comme saint Thomas, je suis prêt à entendre toutes les théories. Et je ne suis pas davantage persuadé que l'organisation du monde soit le fait du hasard. Et si c'était le cas, alors oui, le hasard fait vraiment bien les choses. Et cela me laisse perplexe. De même, le fait d'expliquer que l'Église, Dieu et Jésus-Christ sont là uniquement pour nous faire dépasser la mort, ou ce qu'il y a d'autre, me laisse tout aussi perplexe. Pourquoi ne pourrait-il pas y avoir, par exemple, une causalité et tout de même une mort définitive et irréversible ?

JMDF : Le Christ n'est pas là, seulement, pour nous faire dépasser la mort mais aussi pour nous apprendre à aimer comme Dieu aime, pour nous apprendre à vivre, pour que nous soyons hommes, femmes, selon le plan divin sur l'humanité. Où te ranges-tu ? Dans le camp des athées ?

FB : J'ai lu une interview de Robert Crumb, très grand dessinateur américain underground, et alors qu'on lui demande : « Vous n'êtes pas athée ? », il répond : « Non, c'est logique qu'il y ait des forces plus intelligentes que nous. Mais si agnostique signifie douter de l'existence de Dieu, sans la nier, alors je suis plutôt un gnostique, celui qui reconnaît l'existence d'une force supérieure, mais ne sait pas quelle forme elle peut prendre. On la recherche alors toute sa vie. »

Eh bien, moi qui suis en quête de la connaissance suprême, je souscris à cette interprétation. Voilà. Aujourd'hui je dirais que je suis gnostique. C'est mieux qu'athée, non ? Certes, le courant gnostique a été fortement réfuté par l'évêque de Lyon saint Irénée, au IIIe siècle, mais cela ne semble pas avoir perturbé Crumb, à moins qu'il n'en ait pas été informé.

J'ai autant de mal à croire en Dieu qu'en la théorie des poissons qui se sont faits dinosaures, puis se sont transformés en singes, qui eux-mêmes sont devenus les hommes, et que tout ça soit là par simple évolution naturelle. Ceux qui défendent ces thèses sont des gens totalement scientistes. En même temps quand je lis Bernanos, Bloy, Péguy, Julien Green, Claudel, je suis très embêté. Ces gens étaient bien plus intelligents que moi, et eux croyaient ! Ne disent-ils pas, pour autant, des choses aussi folles que les rationalistes ? Croire qu'il y ait tout ça sans raison est aussi fou que de croire qu'il y ait une raison.

JMDF : Tu me disais tout à l'heure que seuls croyaient « les vieux » et « les pauvres », je ne suis pas certain que ceux que tu viens de citer se reconnaîtraient dans tes catégories ! Il est curieux de constater que, au moment où ceux qui croient semblent à peine plus nombreux que les incroyants, on note une vraie recrudescence de l'irrationnel.

FB : Oui, au cinéma, en littérature : tout près de nous avec *La Passion du Christ,* le film de Mel Gibson, *Le Seigneur des anneaux*, *Harry Potter* et surtout *Matrix* dont Néo, le héros, est très inspiré du Christ.

JMDF : Dans des films plus anciens, également. Le premier *Superman* où l'action commence comme dans l'Évangile. Le père qui envoie le fils sur Terre, doué de pouvoirs surnaturels. De même pour *E.T.,* dont l'affiche s'inspire de la *Création* de Michel-

Ange, dans la chapelle Sixtine, où l'on voit le doigt de Dieu tendu vers le doigt de l'homme.

FB : Et les rapports père-fils dans *La Guerre des étoiles*. Le côté obscur de la force, tout ça...

JMDF : Chez tous ces réalisateurs, il y a une dimension spirituelle, consciente ou non, qui exprime un questionnement.

Aujourd'hui, les gens qui s'interrogent sur Dieu sont peut-être de plus en plus nombreux. Chez les intellectuels, par exemple, Max Gallo, Régis Debray, toi... !

FB : Hou là, fichtre ! Je ne suis pas un intellectuel, moi ! S'interroger ne signifie pas adhérer. En même temps, c'est désespérant d'être confronté au manque de preuves. Peut-être suis-je prisonnier de la dictature du rationalisme ? Comme on ne peut rien prouver, alors on « dé-croit », sinon on est condamné à penser que Dieu existe, puisque personne ne peut nous apporter la preuve qu'Il n'existe pas. Beaucoup se contentent de s'y résoudre : *credo quia absurdum.* Je crois, parce que c'est absurde, dixit saint Augustin. Et Tertullien, le fondateur de la théologie : « C'est certain puisque c'est impossible. » J'adore ce genre de raisonnements délirants, les grands théologiens sont surtout des dadaïstes ! Les preuves de l'existence de Dieu sont souvent de grosses ficelles, comme quand Descartes affirme que Dieu existe puisque nous en avons eu l'idée ! Il ne s'est pas foulé ! Il y a aussi saint Anselme, qui dit que Dieu est parfait, donc Il existe puisque la perfection implique l'existence. On se fiche ontologiquement de nous ! Autant d'exemples qui expliquent la montée de l'athéisme chez ceux qui ont balayé les questions existentielles et métaphysiques, pour vivre tranquilles.

JMDF : Je pense plutôt qu'il s'agit d'une prise de distance avec l'institution, avec l'Église : « Je n'ai pas besoin de prêtre, pas besoin de messe, pour avoir une relation directe avec Dieu, et donc je me préoccupe davantage d'une religion de l'humain. » Les gens se déclarent alors athées, pour se distinguer, oubliant qu'athée signifie nier l'existence de Dieu. Tu disais : « Je crois, donc je suis. » À l'inverse, « je réfléchis, donc je ne crois pas » sous-entend : « Il vaut mieux se déclarer athée, ce sera la preuve que nous sommes intelligents. »

FB : Oui, Dieu n'est pas notre urgence. Ce qu'il faut, en priorité, c'est gagner de l'argent pour s'en sortir, élever nos enfants, puisque après il ne nous reste plus qu'à crever. Toujours ce fameux matérialisme et cet individualisme qui me semblent avoir pris le dessus.

D'ailleurs, c'est devenu tellement courant de se dire athée que je me demande si le grand chic ne va pas consister bientôt à se déclarer catholique croyant et pratiquant ! Ou gnostique, comme moi ! J'espère lancer la mode.

Face à l'absurdité, face au mystère, l'Église nous propose une foi en kit, avec ses miracles, son Esprit Saint, sa Vierge et toute sa panoplie de belles histoires. Et il faut tout accepter en bloc. Je préfère être parisien que pharisien.

JMDF : Moi également ! L'Église accueille chacun, là où il en est. Nous organisons dans tous les
diocèses des groupes de réflexion, et les questions qui
nous sont posées prouvent bien que les gens s'interrogent sur les dogmes, sur la Trinité ou la Résurrection.
Jamais l'Église ne leur dit : « Ne cherchez pas à
comprendre : croyez ! » Nous tentons d'expliquer.
D'ailleurs, ces groupes comportent des personnes
anonymes, dont certaines se convertissent. Elles sont
venues à nous pour être éclairées, et repartent
convaincues. Un constat chiffré se fait chaque année.
En 2004, le nombre de conversions au catholicisme
aura été de plus de deux mille cinq cents adultes, et
plus de neuf mille personnes s'y seront préparées.

FB : Ces conversions viennent d'où ?

JMDF : De gens qui se posent la question de la foi,
et qui suivent une préparation pour être baptisés. Des
incroyants, des athées ou des personnes venues
d'autres religions. Spontanément. Sans prosélytisme.
Pour citer un exemple : un homme, catholique, pratiquant, avec des enfants, divorce et épouse civilement
une femme divorcée, qui a également des enfants. La
dame n'a pas la foi, mais leur vie ensemble lui fait
découvrir Dieu. C'est un cas que j'ai rencontré il y a
peu de temps.

FB : Ce n'est pas par amour pour son mari ?

JMDF : Non. Devant la foi de celui-ci, son questionnement s'est fait plus fort et elle a découvert Dieu.
Dans le cas d'un non-baptisé qui épouse un catholique, l'Église ne rend pas obligatoire la conversion
de l'autre. Si on adhère à la religion du conjoint parce

que c'est conditionnel, comme dans l'islam ou dans le judaïsme, on ne peut plus parler de foi.

FB : Dans ma famille, il y a quelques générations, nous étions protestants. Il y a eu un mariage avec une catholique, à la suite de quoi ma branche, les Beigbeder, sont devenus catholiques. Voilà comment je le suis. Sans conversion. Sans conviction non plus. À cause de mes ancêtres. Cela me fait penser à une parabole biblique, bien pratique. Je peux me comporter comme un ignoble égoïste toute ma vie, et à la veille de ma mort, si je me convertis, c'est gagné grâce à la parabole de l'enfant prodigue : tu seras accueilli, bienvenue mon gars, tu étais un peu égaré mais tu es revenu à la maison. Je garde une carte, un joker et je dis : oh, je suis prodigue !

JMDF : Cette parabole sous-entend que l'enfant est sincère, qu'il ne s'agit pas d'un calcul. Cette parabole témoigne aussi de l'immensité de l'amour et du pardon.

FB : Mais je ne mentirais pas. Comme je serais vieux, je me serais rapproché de la religion, et je serais sincère puisque j'aurais la trouille de crever ! Il y a aussi l'exemple de saint Augustin, qui fut un débauché repenti. D'abord très licencieux, il a eu par la suite une illumination qui lui a permis d'entendre l'Éternel. Voilà qui est très rassurant : on peut mener une vie dépravée et finir en saint homme. Les fêtards ne sont donc pas irrécupérables ! C'est comme Jean Cocteau, attiré par Jacques Maritain parce qu'il voulait remplacer l'opium par Dieu. Et l'empereur romain Constantin qui ne s'est fait baptiser que le jour de sa mort : il gardait un évêque en permanence auprès de lui, au cas où...

JMDF : Eh bien tu vois, ce qu'il y a de merveilleux dans notre foi, c'est la miséricorde, le pardon, dès lors que nous reconnaissons, avec sincérité, que nous n'avons pas eu les comportements et les attitudes que le Christ attend de nous. Vois l'attitude du Christ avec la femme adultère, par exemple ou, comme tu le disais, la parabole du fils prodigue qui est une des plus belles pages de l'Évangile. Le fils en chemin se demande ce qu'il pourra bien dire à son père, prépare les mots pour demander pardon. Et quand il arrive, son père le prend dans ses bras et ne lui laisse même pas prononcer une parole. La place du pardon, essentielle dans notre foi, montre, en même temps, que Dieu sait très bien à qui Il a affaire, et sait aussi qu'aucun de nous ne peut, tout au long de sa vie, suivre exactement le chemin sur lequel le Christ nous devance.

FB : Mais je fais toujours le même constat : on a besoin de trouver un sens à tout ça. Alors on peut prendre le pari de Pascal. « Ne parier point que Dieu est, c'est parier qu'il n'est pas. Lequel prendrez-vous donc ? Pesons le gain et la perte, en prenant le parti de croire que Dieu est. Si vous gagnez, vous gagnez tout, si vous perdez, vous ne perdez rien. Pariez donc qu'il est, sans hésiter. »

En fait on pourrait très bien faire le pari inverse, que François Rachline appelle le pari de Don Juan : je parie que Dieu n'existe pas et qu'il n'y a rien après la mort... Donc je vis selon les enseignements de Don

Juan ou de Casanova : je m'éclate, je profite du temps
où je suis là, je suis un affreux hédoniste superficiel,
qui se roule dans le luxe, le stupre et le vice, pendant
toute ma vie.

Je pense que toi, tu fais le pari de Pascal, mais
que la plupart des gens, aujourd'hui, dans les pays
occidentaux en tout cas, font le pari de Don Juan.

JMDF : Moi, je crois en Dieu, je n'ai pas besoin
de parier. D'autres ne font aucun pari parce qu'ils ne
se posent pas la question.

FB : Si, puisque à la manière de Monsieur Jourdain
qui faisait de la prose sans le savoir, eux, sans le
savoir aussi, font le pari que Dieu n'existe pas, qu'il
faut en profiter, et que de toute façon après il n'y a
rien.

Mais toi ? Tu ne doutes jamais ?

JMDF : Bien sûr que cela m'arrive de douter.

FB : Tu doutes de l'existence de Dieu ?

JMDF : Oui, bien sûr. Mais la question est de
savoir comment on sort du doute. Si douter donne la
possibilité d'aller plus loin dans sa foi, cela s'avère
finalement positif.

Le Christ a bien dit, lorsqu'il était en croix : « Père,
pourquoi m'as-tu abandonné ? » Sans vouloir jouer
les exégètes et développer les raisons pour lesquelles
le Christ prononce ces mots, cela demeure un cri de
doute. De même, pendant sa prière au jardin des Oli-
viers, on a le sentiment qu'il y a comme une lutte,
entre son humanité et sa divinité, puisqu'Il dit d'une
part : « Père, fais que ce calice passe loin de moi »,
c'est-à-dire épargne-moi ces souffrances, et en même

temps « mais que ta volonté soit faite ». Il y a un déchirement au travers duquel on passe tous, qu'on ait la foi ou qu'on ne l'ait pas.

Et si le Christ a pu douter, je ne vois pas pourquoi un croyant serait à l'abri du doute.

FB : Tu n'analyses et tu ne vis ta foi qu'au travers des Écritures, et qu'à travers le Christ. Mais tu es homme, avant que d'être homme d'Église. Est-ce que parfois ces deux êtres sont en désaccord ? Parce que j'ai le sentiment que tu réponds toujours du haut de ta fonction.

JMDF : Si je ne répondais que du haut de ma fonction, je n'avouerais pas que j'ai des doutes, et que j'ai les mêmes mouvements de révolte que tout homme devant des situations terribles et injustes – face à la mort d'un enfant par exemple – où je réagis de la même façon qu'un incroyant. C'est mon être tout entier qui tend à suivre l'exemple du Christ, ou parfois ne le suit pas. Je ne suis pas schizophrène, homme et prêtre. L'un et l'autre ne font qu'un. Je ne suis pas autre chose que moi.

FB : Tu es très convaincu. Mais comment peux-tu convaincre de ce qu'il faut avoir foi en un Dieu qui nous fait naître inégaux, malades, handicapés, un Dieu qui nous mène à la mort ?

JMDF : La question ne se pose pas ainsi : il y a des malades, des handicapés rayonnant de paix et, j'ose le dire, parfois de bonheur à rendre jaloux les bien portants ! Dieu a permis que son propre Fils connaisse l'épreuve de la mort, et nous a montré à travers Lui le chemin de la Résurrection. « Dieu s'est fait homme, pour que l'homme soit fait Dieu. » (saint Irénée)

Laisse-moi te citer cette définition de la foi de saint François d'Assise. Elle laisse augurer de belles perspectives : « La foi est un avant-goût de la connaissance, qui nous rendra bienheureux dans la vie future. »

FB : Mon théologien préféré s'appelle Michel Polnareff : « On ira tous au paradis. Même moi ! »

JMDF : Je te le souhaite !

CHAPITRE VI

De la prière

FB : « I'm not religious / But I feel such love / Makes me want to pray / Pray you'll always be there. » (Je ne suis pas religieuse / Mais je sens tant d'amour / Ça me donne envie de prier / Prier pour que tu sois toujours là.)

Dans ce texte, Madonna éprouve le besoin de prier pour ceux qu'elle aime. C'est déjà croire aux vertus de la prière.

JMDF : La prière, c'est précisément une musique personnelle, celle des vibrations de sa foi. Et toi qui es adepte du beau, tu devrais comprendre pourquoi les croyants pratiquent la prière : c'est l'amour de la beauté de Dieu.

FB : Je comprends que l'homme éprouve le besoin de prier pour tout ce en quoi il croit : « J'ai besoin de Dieu, donc je suis un humain. » Ça rassure. Car, autrement, il y a apparemment peu de choses qui nous différencient des animaux. Cette nécessité métaphysique en fait partie.

JMDF : La faculté de penser, l'intelligence, la conscience... Nous avons la possibilité d'être à la fenêtre et de nous regarder passer dans la rue ; la pensée introspective que n'a pas l'animal.

FB : Je me demande jusqu'où il y a vraiment avantage à être homme. S'il n'avait pas cette conscience, ne serait-il pas plus heureux ? Et croire, n'est-ce pas un alibi pour accepter d'être là sans raison ?

À partir de ce constat naît une frustration transcendantale, inhérente à la condition humaine.

JMDF : Je crois que ce chef-d'œuvre qu'est l'homme – car c'est un chef-d'œuvre même s'il est aujourd'hui en péril – ne se termine pas en poussière. Quand, tout jeune, il t'est arrivé de prier, tu le faisais sans te poser de question, puis tu as douté. Mais, une fois adulte, il t'est bien arrivé de prier. À qui t'es-tu adressé ? Qui pries-tu ?

FB : C'est compliqué. Dans mon enfance je priais une sorte de vieux bonhomme barbu (physiquement j'imaginais Dieu comme un mélange de Karl Marx et du père Noël) d'une manière très obéissante, et d'autres fois, je priais Son Fils, parce qu'Il était un peu plus jeune, plus rock'n roll, avec sa tête de hippie. Je me sentais plus proche de Jésus. Pour dialoguer, Il m'impressionnait moins que Son Père. Même si je Le priais pour des choses qu'Il n'exauçait jamais. Je sais, c'est le principe même de la prière, il ne faut pas demander de résultat immédiat. OK, OK...

Aujourd'hui je ne prie plus, sauf quand il y a des turbulences dans les avions ! Là, je redeviens vachement chrétien.

JMDF : Même les personnes les plus croyantes ont des périodes de ferveur plus grandes que d'autres, où le besoin de prier devient impérieux et s'impose à elles plus intensément que les autres jours.

FB : Oui, mais sans vouloir désacraliser la prière, elle peut être une sorte de jeu de mime, où le simulateur n'exécute que des gestes vides de sens, qui le rassurent socialement. Il se signe, s'agenouille, baisse la tête et ferme les yeux... Dans ma jeunesse, à la messe, cette comédie m'amusait beaucoup.

JMDF : Dans ce cas, il ne dupe que lui-même. On prie avec toute la force de son cœur, sinon la prière est vaine.

FB : En fait, la prière d'apparence tient plus de la superstition que de la foi. De nombreuses personnes sont à la limite de la confusion des genres. On se met à deux pour casser un os de poulet. Celui qui a le plus gros morceau fait un vœu et certains y croient. Quant à ceux qui prient par calcul, comme je viens de l'évoquer, je ne vois pas comment cela pourrait fonctionner.

JMDF : En effet. La prière n'est pas la récitation, le rabâchage de mots vides. Pas plus qu'elle n'est une méditation ou une réflexion sur son moi intime. C'est une attitude d'amour ouverte au Christ, ouverte aux autres.

FB : Je trouve que, dans la phraséologie et le discours de l'Église catholique, est trop présente l'idée de la carotte et du bâton : si tu pries tu seras récompensé, tu iras au paradis, si tu pèches tu iras en enfer ! Et à l'époque où on se confessait encore, le confesseur nous infligeait dix *Ave* ou douze *Pater* à réciter en fonction de la gravité avouée du péché. C'était une punition, même si cela nous permettait de nous racheter.

JMDF : Pardon, mais je crois que tu aurais besoin d'un « recyclage ». Tu es l'exemple type de ces adultes qui ont évolué au niveau de leur culture générale, mais quant à la foi, ils en sont restés aux vagues souvenirs des rudiments reçus lorsqu'ils étaient enfants ! D'où une vision simpliste de la foi.

Pour ce qui est de la confession, il ne s'agit pas d'une punition mais d'une prière de reconnaissance face à la miséricorde de Dieu.

FB : Avec monnaie d'échange.

JMDF : Prier, c'est déjà ne pas demander à Dieu de se plier à notre volonté, mais de nous aider à nous plier à la sienne. C'est une relation d'alliance, entre Dieu et l'homme, qui ne peut se faire qu'en pleine communion. Jean-Paul II a écrit que la prière, « c'est un échange illuminé par la grâce de l'Esprit Saint ».

Bien sûr, certains critiquent la prière comme une survivance dépassée. Pourtant, il y a un renouveau que tu ne soupçonnes pas. Un renouveau d'autant plus fort qu'il se heurte au développement du matérialisme et de la violence du monde. Des groupes de prière se constituent chaque jour, mais aussi des écoles de prière, dans des monastères où les croyants se réunissent pour prier ensemble. Ils prient pour ceux qu'ils aiment, pour leurs proches ou pour ceux qu'ils ne connaissent pas, mais dont ils savent la douleur. Ils prient, tout simplement, pour rendre grâce à Dieu.

FB : Il y a une prière athée aussi, que j'appellerais la prière laïque, et c'est ce que j'essayais de t'expliquer. C'est que finalement les prières qu'on m'a apprises, je ne m'en sers pas, en revanche je suis certain que je suis parfois dans des états de prière. Je parlais de ma fille, c'est vrai que quand elle est née, et quand je la vois, il y a des instants où j'ai envie de dire merci à quelqu'un. Je dis merci. Mais pas à Dieu tel qu'on me l'a appris. Je dis merci au monde. Merci à la réalité de m'avoir apporté Chloë. C'est ça en fait ma façon de prier. Une prière athée où je dis juste merci à la planète, merci à l'univers. Merci à la chance.

JMDF : « Il est plus difficile de devenir chrétien quand on l'est que quand on ne l'est pas », dit Kirkegaard.

Quand il y a eu le drame du 11 septembre, t'est-il arrivé de prier pour ceux qui sont morts injustement ? Est-ce qu'en d'autres circonstances tu as prié pour les autres, même de façon athée comme tu dis ? Quand tu vas à un enterrement, que demandes-tu à Dieu, au Christ ou à la Vierge, ou à tout autre que tu pries ?

FB : Dans ces cas-là, je fais une prière plutôt amicale à l'intention du défunt. Je lui parle intérieurement. Je le félicite, je le remercie, je pense à lui. Mais je ne peux pas te dire que je prie, au sens où tu l'entends. Je suis émerveillé par le monde, la nature et les cadeaux qu'elle nous fait, mais en même temps, je n'entre pas dans la prière telle que tu la définis.

JMDF : Néanmoins, tu ne nies pas qu'il y a en toi une dimension spirituelle.

FB : Bien sûr, comme dans les six milliards d'êtres humains. Mais ma prière, c'est de marcher au jardin du Luxembourg au printemps, ou de traverser le pont des Arts et de voir le soleil se coucher, le ciel rose virer au noir. Et je dis bravo. Bravo à qui que ce soit, ou à quoi que ce soit, d'où sont nées ces merveilles.

JMDF : Quand saint Paul va pour la première fois à Athènes et qu'il commence sa prédication, parce qu'il a vu qu'il y avait un ensemble d'autels dédiés à des dieux grecs, il déclare : « [...] j'ai vu un autel avec l'inscription : *Au dieu inconnu*. Eh bien ! Celui que vous adorez sans le connaître, je viens, moi, vous l'annoncer[1]. » Quand tu dis bravo, même si tu ne sais pas bien à qui, tu t'adresses à quelqu'un qui nous dépasse, qui te dépasse.

FB : Je trouve ça pas mal, le « Dieu inconnu », c'est comme le soldat inconnu ! Dans les utopies contre-culturelles des années soixante-dix/quatre-vingt, reprenant une croyance datant de l'Antiquité, il y avait l'idée que la planète était une déesse nommée Gaïa. Un organisme vivant. Il fallait, par conséquent, se battre pour le défendre, protéger son environnement et donc le nôtre. Eh bien aujourd'hui, j'aimerais voir remplacer la croix dans les églises par un globe, le globe terrestre, et dire : c'est en ça que j'ai foi. Ce serait, pour moi, bien plus simple à croire. Plutôt que d'adorer un instrument de torture, j'aimerais qu'on considère la planète Terre comme sacrée. Qu'on la respecte religieusement, et que les hommes fassent tout, en la quittant, pour la laisser en meilleur état

---

1. Actes XVII, 16-24.

que lorsqu'ils sont arrivés. À longueur de journée, ils défèquent sur Terre leurs idées et leurs détritus. Voilà ma prière, et elle s'adresse à l'humanité.

L'Église a-t-elle un discours sur la protection de l'environnement ?

JMDF : Bien sûr, ce serait malheureux qu'elle n'en ait pas, puisqu'il s'agit de protéger la vie ! L'Église organise régulièrement des colloques de réflexion, des grands rassemblements sur le respect de la Création.

FB : Alors, pourquoi faut-il prier ? Et ça apporte quoi ? C'est un peu le fuel de Dieu ?

JMDF : Si ce « fuel » est l'amour, alors oui.

Pour répondre à ta question : la prière peut revêtir bien des formes. Elle peut être un cri de foi, comme une révolte devant l'incompréhension. Elle est parfois une discussion et toujours un échange. C'est le dialogue permanent que les moines entretiennent avec Dieu. C'est leur vie qu'ils vouent à Dieu et aux hommes. Par la prière ils contribuent à se décaper eux-mêmes et à décaper l'humanité de ses scories, chaque jour davantage, pour laisser plus de place à Dieu.

FB : Parfois des poèmes m'ont donné à penser aux prières. Apollinaire, quand il écrit dans *Alcools* des poèmes sur le Rhin, ou Whitman avec *Gratitude* : « Gratitude pour les montagnes, gratitude pour les forêts, gratitude pour les nuages », je pense que, sans le savoir, ils prient. De telles poésies sont des prières.

JMDF : Dans le bréviaire, le livre de prières des prêtres, des diacres, des religieux, des religieuses mais aussi des laïcs qui veulent se joindre à leurs prières, on trouve pour l'office des laudes du dimanche un cantique emprunté à la Bible (Deutéronome 3) qui s'intitule *Hymne de l'univers* et qui est très proche des poèmes que tu évoques.

Je ne veux pas faire d'apologétique ou de prosélytisme, mais je voudrais t'inviter à appeler SOS Prière. Tu sais que les lettres SOS sont les initiales de *Save Our Souls*, sauvez nos âmes. Eh bien il existe en France un SOS Prière, prolongeant ainsi la vocation de l'expression de détresse. Des personnes, dévouées aux autres, se sont fixé pour mission d'aider à la prière. Peut-être devrais-je te donner leurs coordonnées pour que tu éprouves combien les écoutants qui répondent savent que prier c'est aussi écouter l'autre.

La prière, c'est un appel de l'homme vers Dieu.

Qu'elle soit prière de demande, d'intercession, d'action de grâces ou de louange. Prier, ce n'est pas une fuite du monde mais une lutte, au contraire. Elle suppose toujours un effort, car c'est, avant tout, un combat spirituel. Un combat contre nous-même.

Le désir de prier – même s'il l'on n'y parvient pas – est déjà une prière.

CHAPITRE VII

De la Trinité

FB : Cette notion de Trinité n'existe que chez les chrétiens. On me l'a expliquée cent fois. Mais j'aimerais bien que tu me l'expliques, à nouveau, encore deux cents fois, parce que c'est tout de même coton ! Au point que, même chez les pratiquants, elle ne fait pas l'unanimité.

C'est quoi l'Esprit Saint ? Il y a Dieu, le Christ et l'Esprit Saint. Ce sont trois choses qu'on différencie...

JMDF :... et qui sont une, qui agissent indivisiblement. C'est sûr que tu abordes là une question difficile. Même pour les chrétiens, c'est compliqué ! On y adhère par la foi. Avant tout, je voudrais revenir sur ton expression « trois choses ». Je préfère dire trois personnes.

FB : Mais tu y crois, toi, sans te poser de questions ?

JMDF : J'y crois parce que j'ai une réponse, mais je n'y ai pas cru sans m'interroger. Laisse-moi te donner d'abord la réponse de l'Église.

Dieu est pluriel et singulier à la fois. Il est trois et

ces trois ne font qu'un. Il y a Dieu le Père, Jésus le Fils, et l'Esprit Saint. Esprit Saint est de la même nature que Dieu et Jésus. Ainsi la Trinité est une, Dieu est le Père éternel, le Fils est à la fois en Lui et avec Lui, et l'Esprit Saint procède du Père et du Fils. La même nature dans trois personnes. L'Esprit Saint est l'amour qui unit le Père et le Fils. Je ne sais pas si je me suis bien fait comprendre, mais pour illustrer cette explication, je vais tenter d'y ajouter une approche moins abstraite. Rappelons d'abord la définition théologique de la Trinité. Elle est simple : un seul Dieu, une seule nature divine, en trois personnes.

Imaginons deux personnes dans une pièce. Elles partagent la même nature, la nature humaine, et cependant elles constituent deux personnes distinctes. Les deux personnes, plus cet amour qui les unit, forment une seule entité qui ressent la même chose sans avoir besoin de se parler pour communiquer. N'y a-t-il pas une expression populaire qui dit à propos de personnes ne faisant qu'un : « Elles sont comme les doigts d'une main. » Encore une image bien réductrice qui peut contribuer à la compréhension ! Transposons le raisonnement à la sainte Trinité : un seul Dieu, si tu préfères une seule nature divine, en trois personnes unies dans l'amour au point de ne faire qu'une. Voilà cette abstraction présentée de façon un peu simpliste, peut-être, mais qui peut aider à comprendre un peu.

Je suis souvent confronté à cette question et notamment à chaque fois que je célèbre la confirmation. Plutôt que d'exposer aux jeunes un discours abstrait, je les invite à voir l'Esprit à l'œuvre. Par exemple, ce qui se passe après la mort du Christ, quand les apôtres sont cachés parce qu'ils ont peur. Ils n'ont rien compris de tout ce qu'ils ont vécu pendant trois ans avec le Christ, strictement rien compris, cela non plus il ne faut pas l'oublier. Aujourd'hui quand nous refaisons la lecture des événements dans les Évangiles, tout paraît clair – enfin, plus ou moins –, mais eux à l'époque, qui vivaient au jour le jour avec le Christ, pensaient qu'Il était le libérateur d'Israël, qu'Il allait chasser l'occupant romain. Ils vivent pendant trois ans avec Jésus toutes les étapes de sa vie, y compris la Passion ! Résultat de leurs espoirs, le Christ meurt ! C'est fini. Ils redoutent alors que les Juifs ne viennent les décimer. Ils s'enferment. Et c'est au moment justement où ils sont tremblants de peur, et ne comprennent toujours pas ce qu'ils ont vécu avec le Christ, le sens de ses paroles et de ses promesses...

FB : Alors ?...

JMDF :... c'est là que se manifeste l'Esprit Saint. Oui, en cet instant, tous les morceaux de l'aventure qu'ils ont vécue avec le Christ, un peu comme dans un puzzle, vont se remettre en ordre et soudain tout s'éclaire. De lâche, et peureux qu'il était, Pierre sort du cénacle où ils se sont cachés, et dit à la foule rassemblée à Jérusalem à l'occasion des fêtes, aux gens venus de toutes parts : « Cet homme que vous avez arrêté, que vous avez jugé, que vous avez condamné et que vous avez crucifié, il est vivant. »

Je ne sais si ce commentaire t'aide à comprendre ?

FB : Un peu... Il aurait fallu me l'expliquer comme ça, il y a trente ans. Finalement nos points de vue ne

sont pas très éloignés l'un de l'autre. Si tu me disais
que la Trinité, c'est la nature et l'art auxquels s'ajoute
l'amour que l'on peut avoir pour ces deux éléments,
là j'aurais tout de suite compris. Parce que je vois
dans la nature et l'art quelque chose de supérieur à
l'homme.

JMDF : Je ne peux adhérer à ta transposition. Je te
parle de Dieu, tu me réponds « nature et art ». En
revanche, je suis d'accord avec toi quand tu dis
« quelque chose (je préfère quelqu'un) de supérieur à
nous », qui nous dépasse.

FB : En fait, c'est comme un shampooing trois en
un !

CHAPITRE VIII

Des valeurs

JMDF : Je remarque que tu te réclames d'un certain nihilisme et qu'en même temps tu sembles attaché à des valeurs. Je ne parle pas de ta manière de vivre dans le système, mais de ton respect de bonnes vieilles valeurs traditionnelles. Tu imagines bien que ce n'est pas un reproche de ma part, tout au plus un constat, voire un étonnement devant tes contradictions. Mais peut-être, en toi, est-ce le père qui parle ? Peut-être réagis-tu ainsi depuis que tu vois grandir ta toute jeune enfant, Chloë.

Ces valeurs de bon père de famille, pour reprendre l'expression des notaires, auraient-elles aujourd'hui, pour toi, un sens ?

FB : Ce que tu dis m'évoque *Les Nouveaux Réacs*, le pamphlet de Lindenberg paru il y a trois ans, où je suis étiqueté deux fois... J'ai plutôt une réputation d'obsédé sexuel, de libertin. J'ai écrit *Nouvelles sous ecstasy*, j'ai testé les produits stupéfiants, donc je suis plutôt un ultralibertaire, et en même temps on me catalogue « nouveau réac » parce que je critique cette société, parce que de temps en temps je me dis qu'avoir tout supprimé, tous les repères et les schémas anciens, sans avoir rien organisé à la place, n'était peut-être pas la bonne méthode.

Donc oui, je suis peut-être un libertaire-réac. Et ça ne me dérange pas. De plus, je suis bourgeois par ma naissance. De toute manière, né à Neuilly-sur-Seine, j'aurais du mal à faire croire que je suis un prolo. Mais je ne peux pas dire, non plus, que je défende la famille sous prétexte que je me suis marié et que j'ai fait un enfant. En effet, je ne suis plus avec la mère de Chloë, j'ai divorcé et épousé une autre femme. À la mairie, cette fois ! C'est devenu bourgeois d'ailleurs, le divorce. Néanmoins, c'est vrai, je regrette la cellule familiale... C'est dommage de ne pas parvenir à la préserver. Je ne donne pas de leçons de morale pour autant, en menant des croisades pour le mariage ou la procréation. Je n'érige pas en valeur morale prioritaire la grande et belle famille solide, à la progéniture généreuse. Non. Je ne fais qu'observer le monde tel qu'il est, ce monde auquel j'appartiens. Et par conséquent, lorsque je le critique, je me critique moi-même.

JMDF : Mais à quelles valeurs es-tu attaché, en priorité ? Quelles sont celles que tu veux communiquer à ta fille, qui a peut-être tout bouleversé en toi ?

FB : Vaste sujet, sur lequel j'ai peur de dire des banalités. On entend de plus en plus souvent, dans les émissions de télé-réalité, l'expression « sois toi-même », « reste toi-même ». En fait c'est une phrase de Nietzsche, vulgarisée, et tant mieux : « Deviens ce que tu es », qui vient de Socrate : « Connais-toi toi-même. » Je crois que quand on a dit ça, on a presque tout dit.

Ce que je tenterai de transmettre à ma fille – et j'ignore si ce sont de ces valeurs dont on parle –, c'est qu'elle s'efforce de savoir qui elle est, ce pourquoi elle est faite, ce qu'elle veut réaliser, et surtout qu'elle fasse tout pour y parvenir.

JMDF : Est-ce que cela irait jusqu'à accepter d'elle qu'elle fasse n'importe quoi ? Je présume que tu veux la protéger des situations où elle aurait à souffrir. Pour prendre un exemple extrême, laisse-moi te provoquer aussi, tu ne voudrais pas que ta fille se drogue, se prostitue ?

FB : Bien sûr que non. Je suis un fils libertaire, mais un père réac ! Même si ça peut paraître contradictoire avec mon libertarisme déclaré – et sans pour autant montrer du doigt les prostituées. C'est évident que je veux le meilleur pour ma fille. Qu'est-ce que tu pensais entendre ? Que je souhaite qu'elle se marie, qu'elle rencontre un mec bien, qu'elle aille à la messe tous les dimanches ? Non plus ! Ce serait le meilleur moyen de la pousser à se droguer ! Je veux qu'elle soit heureuse. Voilà. Mais je ne sais pas comment. Je suis incapable d'autorité... Le problème principal de notre époque est que l'être humain n'a plus de mode d'emploi.

JMDF : Il y a bien des circonstances, hélas, où il est difficile d'être heureux. Avec une association de gens dévoués qui sillonnent les quartiers chauds de Paris dans un camping-car, j'ai rencontré, toute une nuit, des êtres à la dérive, qui ont besoin de réconfort. Notamment des prostituées au bois de Vincennes. Accueil, café, assistance, et surtout dialogue... Plusieurs d'entre elles étaient dans des situations révoltantes. Aucune de celles que j'ai vues n'était heureuse.

FB : Il existe néanmoins des situations où le bonheur peut paraître inaccessible à certains, alors que cette même situation en rend d'autres heureux. Dans *Pastorale américaine*, Philip Roth raconte l'histoire d'un homme dont la fille devient terroriste. Ils ne parviennent plus à se comprendre, ni même à se parler. Le père a tout fait comme il le fallait selon les critères de la « bonne société », il l'a élevée, l'a éduquée correctement, mais elle lui échappe pour se livrer à ce qui doit, suppose-t-elle, sinon la rendre heureuse, du moins lui apporter une sorte de bonheur qu'elle pense trouver dans cette forme de réalisation, même désespérée.

Je reste très libertaire, c'est-à-dire que je suis pour la légalisation des drogues douces, pas du tout hostile à la prostitution, qui est une réalité indéniable depuis les origines de l'homme. Tentons plutôt de l'organiser puisque la supprimer est impossible. Après cela, te dire quelles sont les valeurs, quels sont les schémas auxquels j'adhère, ce ne seront que des grandes généralités : curiosité, générosité, humanité (je propose de remplacer la devise liberté-égalité-fraternité, par cette trinité-là), le courage, la politesse, le respect, ne pas dire « caca boudin » toute la journée...

JMDF : Être heureux, c'est peut-être aussi échapper à la réponse !

FB : Enfin, en ce qui concerne Chloë, je ne lui interdirai pas de connaître ce qu'elle voudra connaître. D'ailleurs, ce que j'imagine de son éducation ne passe pas par l'interdit. Interdire les choses les rend souvent attirantes.

JMDF : Pourquoi Chloë ? Boris Vian ?

FB : Oui *L'Écume des jours*, Bret Easton Ellis dans *Glamorama*, et puis le premier roman d'amour jamais écrit, *Daphnis et Chloé* de Longus.

Je conclus *Windows on the world*, mon roman paru il y a un an, par une phrase qui résume bien ma morale aujourd'hui : « Je suis un nihiliste qui n'a pas envie de mourir. »

CHAPITRE IX

Du bonheur

JMDF : On pourrait penser que si tu n'as pas envie de mourir, c'est que tu es heureux ! Ton nihilisme ressemble beaucoup au désespoir d'un enfant gâté.

Alors, es-tu heureux ou malheureux ?

FB : C'est compliqué. J'ai peut-être peur d'être heureux.

Je me réfugie souvent dans les citations, tant pis... mais je voudrais rappeler, à l'appui de ma réponse, cette phrase d'un diariste pas assez connu, André Blanchard, qui a noté dans son journal : « Le bonheur est un mot malheureux. » En disant cela, il va parfaitement dans le sens de ma réflexion : être heureux me paraît impossible. Le bonheur, cela ne veut rien dire. Il y a toujours quelque chose qui ne va pas. Alors, au mieux, j'essaie de me maintenir à flot. Le bonheur, c'est juste un mot. Comme Dieu.

Je suis d'une nature angoissée, inquiète, insatisfaite, et je veux bien reconnaître que j'aime me lamenter, me plaindre, jusqu'à ce que quelqu'un vienne me consoler. Je ne crois pas pouvoir être heu-

reux. Ça peut paraître prétentieux, mais il me semble
que dès qu'on a une once d'intelligence on ne peut
qu'être triste. En outre, j'aime bien la mélancolie, je
la trouve esthétique...

Et toi, Jean-Michel, es-tu heureux ?

JMDF : Non, je ne peux pas vraiment dire que je
le sois.

FB : Tiens ! Même, et pour reprendre tes mots,
dans l'absolu de Dieu ? Cela ne te suffit pas ?

JMDF : Je rencontre des moments de bonheur,
mais non, cela ne me suffit pas. Peut-être parce que je
n'aime pas Dieu autant qu'il m'aime et que je devrais
l'aimer. Car, dans ce cas, comme pour les saints, son
amour devrait me combler de bonheur. Être heureux,
c'est un état qui se prolonge, qui, lorsqu'il est atteint,
fait partie de nous. À ne pas confondre avec des
moments de bonheur.

Bien sûr je suis heureux de vivre certains moments
forts, certaines journées ou périodes plus longues.
Mais si ta question porte sur ma vie, et ce, même
avant la campagne d'accusation mensongère dont j'ai
été l'objet et où quelque chose s'est définitivement
éteint en moi, je ne peux pas dire que je sois heureux.

FB : Dieu ne t'a pas apporté la réponse ?

JMDF : Quel que soit l'amour que je Lui porte et
tout ce que le Christ m'apporte, si je suis honnête
envers moi-même, je ne peux pas dire que je nage
dans le bonheur. Le bonheur n'est pas « dans le pré »
mais au Ciel !

FB : C'est très grave ! Que moi j'en dise autant,
avec mon goût prononcé pour le pessimisme, ce n'est

pas un scoop. Mais que toi, malgré Dieu, malgré ta foi, tu fasses un tel aveu, je trouve ça stupéfiant. Et je cherche à comprendre pourquoi, même si ça touche à ce que tu as de plus intime.

JMDF : Mon angoisse tient, pour une part, à ce qu'a été l'histoire de ma vie. Cela n'a rien d'original. Il en est ainsi pour tout le monde. Mais elle tient aussi au fait que je ne vis pas tout seul dans une bulle. Ma relation à Dieu n'est pas une relation fermée : Dieu, moi, et rien d'autre. Certes, autour il y a les amis, la famille, leur contact sont des occasions de bonheur, mais il y a tant de motifs de souffrance à travers le monde, certains tout proches, auxquels je suis sans cesse confronté, que je ne peux rester insensible. La relation à Dieu ne suffit pas à me rendre heureux ; elle ne doit pas nous faire oublier le monde dans lequel nous vivons.

À travers cette angoisse, nous voilà proches, tous les deux, malgré nos parcours si divergents. Tu es issu d'une famille catholique, qui a voulu te donner une éducation catholique. Je suis issu d'une famille indifférente. Mes parents m'ont inscrit au catéchisme parce qu'à cette époque tout enfant, de famille croyante ou non, se devait d'aller au catéchisme. Toujours ce regard des autres... Ainsi, aujourd'hui, alors que je suis issu d'une famille non pratiquante, me voilà évêque. Et toi, à qui tes parents ont eu le souci de donner une éducation religieuse, tu dis que tu n'as pas la foi. Aujourd'hui, nous nous retrouvons à dresser cette sorte de bilan, ce check-up de nos convictions profondes, pour constater que...

FB :... notre quête n'est pas aboutie...

JMDF : Oui. Nous sommes tous deux des angoissés.

FB : Et la vision un peu réductrice et relative : « ils ont une vraie réussite sociale, l'un est évêque, l'autre, ses bouquins se vendent bien, donc ils sont heureux », démontre ici à quel point elle est dérisoire. De plus, lorsqu'on traverse des épreuves personnelles comme celle que tu as connue il y a deux ou trois ans, cela ne peut qu'aggraver ces angoisses.

Tu as fait une dépression à cette époque ?

JMDF : Oui. Mais en dehors de cette période noire, c'est ma nature, je suis quelqu'un d'anxieux, de pessimiste, et cela, avec la foi. Elle est vitale pour moi. Dieu seul sait ce que je serais aujourd'hui si je n'avais pas la foi.

FB : Pourtant, souvent, certains prêtres schématisent un peu et promettent, à ceux qui s'interrogent, les délices de Dieu : « La religion va vous apporter le bonheur, Dieu vous rendra heureux, donc croyez. »

JMDF : Ils sont sincères en tenant ces propos. Notamment un prêtre qui a eu un rayonnement extraordinaire, et pour qui j'ai beaucoup d'admiration. J'ai parfois eu envie de lui dire que je ne parvenais pas à croire à cette sorte de béatitude permanente qu'il vivait. Cela m'a tellement préoccupé que je me souviens avoir rêvé de lui. Il m'avouait finalement dans ce rêve – c'est étrange – qu'il jouait, qu'il se montrait heureux pour les autres.

FB : Tu peux donc comprendre mon désenchantement. La quête du bonheur peut nous pourrir la vie.

JMDF : Oui. Pense au Christ ! Le rôle du prêtre s'apparente à celui du Christ, et l'on sait que son parcours parmi les hommes ne l'a pas toujours rendu heureux. On le voit pleurer ! Lorsque, à la fin de son chemin terrestre, il offre sa vie pour le salut des hommes, il redoute, il craint.

En fait, la plupart des gens considèrent, ou donnent l'impression de considérer, qu'un prêtre ne peut pas être malheureux. Ils acceptent de le voir participer à leur propre douleur, mais la souffrance du prêtre, quand c'est le cas, semble déranger.

FB : On ne va pas voir son psy pour entendre ses misères. On le préfère zen et en forme.

JMDF : Oui, mais sa thérapie est fondée sur la seule écoute, afin que le patient prenne conscience, lui-même, de ses propres maux. Le prêtre doit écouter et partager, également, la douleur des souffrants, être habité de compassion et présenter, à la fois, un visage heureux. Or cet homme est fait de la même chair que les autres. Il vit lui aussi des souffrances, des épreuves, des découragements, des doutes. Ses fragilités ne remettent pas en cause sa mission pour autant. Peut-être même cette mission revêt-elle, dès lors, plus d'importance, plus de force, puisqu'il lui faut souffrir pour l'accomplir.

Lorsque je préparais de futurs prêtres à la prédication, je leur recommandais d'humaniser leur homélie, que ce soit pour les événements heureux ou malheureux : « Parlez d'abord de ce que nous avons en commun, croyants ou non-croyants, et notamment quand vous célébrez des funérailles. » J'ai vécu ce cas où j'ai célébré les obsèques d'enfants morts dans des accidents de la route. Que l'on ait ou non la foi, c'est la colère et la révolte qui prédominent ! Si le prêtre prononce une belle homélie, ne tenant pas compte d'abord de la révolte et de la colère et, je le répète, qu'il s'adresse aux croyants ou aux non-croyants, il ne sera pas entendu. Comme toutes les personnes présentes, il vit la même incompréhension et doit le dire : « Je ne comprends pas. Cet enfant a trois ans et il est mort ? » Ce n'est qu'à partir du moment où on a partagé cette souffrance humaine que l'on peut alors vivre cette épreuve terrible à la lumière de la foi. Rejoignons ceux qui souffrent, avec ce que nous éprouvons en commun devant la mort d'un être aimé. La première réaction humaine est de ne pas l'accepter, de se révolter et, je le répète, de dire à Dieu : « Je ne comprends pas ! » Surtout lorsqu'il s'agit d'un enfant, d'un jeune.

FB : Je ne t'ai pas interrompu parce que je trouve que tu as raison de rappeler que le prêtre est un homme. Il a des doutes, des souffrances, peut être révolté, et il faut qu'il dise qu'il est comme tout le monde. Cela signifie que, sur ce point, il y a encore pas mal de progrès à faire dans l'Église. De nos jours, pour beaucoup de gens, dont moi, le prêtre catholique est plutôt un ovni, tant il lui est demandé de choses impossibles, et notamment de vivre de manière si différente des autres hommes. Avec toutes ces contraintes, ces interdits, comment peut-il être heureux ?

JMDF : Comme je le disais, il connaît des moments de bonheur. Je voudrais citer à titre d'exemple ces états où le prêtre vit de manière intense sa relation à Dieu, dans l'intimité de Dieu, atteignant la pleine communion. Quand cela m'arrive, et ce peut être fréquent, dans ces temps forts de bonheur, je ressens, presque physiquement, ma relation à Dieu. Une sorte de bien-être m'envahit et, en cet instant-là, je suis heureux. Oui. Quand je suis en communion totale avec Dieu, je suis heureux.

Tu comprends ce que je vis dans ces moments-là ? Cet état de bonheur, que certains prétendent atteindre à l'aide de substances particulières.

FB : Tu fais allusion à ceux qui utiliseraient un bon rail de coke ou un « bong de skunk » pour y parvenir ! C'est vrai, si ce que tu appelles des « substances particulières » ne fonctionnait pas, n'apportait rien au consommateur, il n'y aurait ni dealers ni mafias du bonheur.

JMDF : Pour moi il s'agit plutôt de plaisir et de fuite.

FB : Oui. C'est vrai. On peut parler de fuite. C'est peut-être ça la différence.

JMDF : Je repose ma question : t'est-il arrivé d'atteindre ces instants de bonheur ?

FB : Je vais me répéter à mon tour. Quand ma fille est née, c'est le moment où j'ai touché au bonheur. On m'a d'abord tendu un paquet, une chose bruyante, qui était toute bleue et assez visqueuse. Et puis cette chose a ouvert les yeux et là... je n'ai jamais rien ressenti d'aussi extraordinaire ! Tu sais ce que je lui ai dit ? « Bienvenue. » Elle me regardait et on l'a posée sur moi. Je vais utiliser un lieu commun, mais en lequel je crois : ceux qui n'ont pas vécu ça ne peuvent pas comprendre.

Faire l'amour avec quelqu'un qu'on aime et qui vous aime, c'est aussi toucher au bonheur. Là encore, tu ne sais pas ce que tu loupes... On y trouve du plaisir, bien sûr, mais il y a beaucoup plus que ça. Quelque chose d'éternel. Je me souviens de chacun de mes meilleurs orgasmes. Je peux te donner la date et le lieu de mon top ten, oui ! Après ça, la drogue, l'alcool, ne sont que des joies éphémères. Et même le mot joie est excessif. Ce sont plutôt des dérivatifs, des fuites. Une manière d'oublier l'angoisse, et qui souvent t'y ramène.

Mais alors, me diras-tu, une fois qu'on s'est bien drogué et qu'on a bien baisé, est-on heureux ? « Que faire après l'orgie ? » comme dit Baudrillard. Il y a un stade où l'on atteint l'écœurement dans l'hédonisme apocalyptique de l'Occident, dans cette fuite en avant, dans le luxe, le confort, la consommation. Ce n'est pas parce qu'on a trois bagnoles de sport, qu'on couche avec un mannequin et qu'on va au VIP Room et autres boîtes à la mode que l'on sera heureux. Donc il manque quelque chose. Et c'est peut-être là l'ultime chance de l'Église. La dernière chance de Dieu serait ce dégoût vers lequel on semble tendre. Notamment dans le constat des dégâts faits sur l'environnement, la nature, le réchauffement de la planète, la destruction de tout ce qu'on aime. Il se peut qu'à un moment l'homme opère une prise de conscience qui nous amènera, peut-être pas vers Dieu, mais vers une nouvelle hiérarchie de nos priorités. Quelle est la raison de notre présence ici ? J'essaie d'être optimiste pour aller dans ton sens. Je pense, par exemple, aux romans de Vincent Ravalec, *Wendy 1* et *Wendy 2*, qui parlent de sorcellerie, de chamanisme, mais aussi de Dieu, à Maurice G. Dantec et à son *Théâtre des opérations* où il est beaucoup question de sa conversion au catholicisme. Je pense aux romans de Houellebecq qui déplorent l'absence d'absolu. Ce n'est pas parce qu'on va dans une maison de passe en Thaïlande que l'on se sent grandi. Tous ces romans racontent l'histoire de paumés, comme l'ont fait Camus, Sartre et bien d'autres. C'est le propre de la littérature du XXe siècle, qui décrit l'errance des hommes sans Dieu.

CHAPITRE X

De la mort

FB : Il est logique que notre société soit obsédée par la mort.

JMDF : Pourtant aujourd'hui tout est fait pour l'occulter, pour l'oublier, la camoufler aux yeux des autres. Sans jouer les radoteurs, « de mon temps c'était mieux », il est bon de rappeler aux générations qui ne l'ont pas connu le rituel qui accompagnait les obsèques.

Je me souviens que dans les villages et dans certaines petites villes, le défunt était porté à pied du domicile au cimetière. Plus tard cela s'est fait sur un chariot tiré par un cheval, aux yeux de tous. La porte de la demeure du défunt était encadrée de tentures noires qui indiquaient le deuil. La famille signalait sa douleur par un brassard noir ou un crêpe fixé sur le revers des vestes.

De nos jours, l'homme ne meurt pas souvent chez lui, mais à l'hôpital. Le mort traverse la ville à toute allure afin de ne pas gêner les automobilistes. C'est presque une fuite camouflée. Plus de tentures, de signes de décès autre que l'avis dans la rubrique nécrologique de la presse écrite. La société actuelle voudrait nous faire oublier que la mort est présente dans notre vie, nous entretenir dans l'illusion que la mort n'existe pas.

FB : Oui, et comme pour contrarier le sort, les maîtres en marketing ont instauré Halloween afin de masquer la Toussaint. Au lieu d'aller visiter les morts, ce sont eux qui nous rendent visite avec une citrouille sur la tête. C'est vrai qu'il s'agit d'un déguisement. Faire les pitres avec des têtes de dicotylédones gamo-pétales, des têtes de courges, fait moins réfléchir que d'aller dans un cimetière rendre hommage à ses proches disparus.

JMDF : C'est une sorte de culte morbide qui n'a qu'un objectif commercial.

FB : Vendre des citrouilles en plastique, au Monoprix.

Je me souviens, me promenant dans New York, Cinquième Avenue, avoir croisé des centaines de personnes avec une croix noire dessinée sur le front. C'était impressionnant. Je me demandais de quoi il s'agissait et, remontant le courant de plusieurs blocs, je suis parvenu à la cathédrale Saint-Patrick.

JMDF : Le prêtre applique une croix de cendre sur le front des fidèles le jour des Cendres.

FB : Cela se fait en France ? Je ne l'ai jamais vu.

JMDF : Parce que tu n'as pas rencontré ces prati-quants ou qu'ils n'osent pas garder cette croix sur leur front ! Mais ils viennent dans les églises célébrer la messe des Cendres, et l'office se termine par le rappel de ce que nous sommes nés de la cendre, de la poussière, et que nous repartirons en cendres.

FB : Je préfère cela à Halloween. La mort mérite mieux qu'un traitement par la dérision.

JMDF : Oui, la mort est insupportable, et la vie consiste aussi à apprendre comment aller vers l'inéluctable fin terrestre. À peine nés, nous commençons à mourir, dès l'instant de notre premier cri. Outre notre mort physique finale, il y a aussi tout ce à quoi nous mourons au long de notre vie : ces renoncements parce qu'il ne faut pas, parce que l'on ne doit pas ou que l'on ne peut pas.

FB : Les progrès de la médecine font que l'homme est malade plus longtemps que par le passé. L'allongement de la vie nous confronte donc plus longtemps qu'auparavant à la mort. D'où une angoisse omniprésente et le confort qu'il y a à croire en Dieu. Il sert à vaincre la mort puisque existe cette idée de survie au-delà de la fin terrestre. Si le concept de Dieu est né de la peur de mourir, alors pour moi, Dieu c'est la littérature. Cervantès, Chateaubriand, Hemingway ont traversé le temps et sont toujours vivants. Ils ont vaincu la mort. Et le dialogue s'est installé avec ces créateurs immortels, par-delà leur absence. Dieu et la littérature nous font la même promesse : survivre à la mort. C'est le besoin de postérité qui fait croire ou écrire. Tous les croyants sont des écrivains frustrés. Tous les écrivains sont des croyants frustrés.

Pourquoi est-ce que j'écris ? Pourquoi suis-je fasciné par la littérature, que ce soit en tant que critique, éditeur ou auteur ? Pourquoi toutes mes journées sont-elles consacrées au livre ? Sans doute parce que mon Dieu à moi, qui mène à ne plus avoir peur de la mort, c'est la littérature. Comme ce peut être l'art. L'homme atteint ainsi l'immortalité.

Finalement c'est un acte de foi que d'écrire, et quand le lecteur se plonge dans la lecture d'un livre, il entre un peu en religion. Tout cela se rejoint, et moi j'écris peut-être par peur de la mort.

JMDF : Tu redoutes la mort ?

FB : J'en ai une trouille physique. C'est assez logique puisque je crois qu'il n'y a rien après. Nous, les impies, nous voyons la vie comme un compte à rebours. Je suis sûrement beaucoup plus angoissé que ceux qui ont foi en un passage vers un monde fleuri, peuplé d'anges sexy.

JMDF : Croire n'est pas un traitement contre l'angoisse !

FB : C'est vrai. Je suis étonné de constater que les gens très croyants ne sont pas pour autant rassurés au moment de mourir. Et la perspective de la fin de tout, y compris de celle du corps mangé par les vers, qui devient squelette, n'est pas plus réjouissante.

JMDF : Houellebecq dit qu'il ne veut pas être incinéré pour pouvoir passer par tous les stades.

FB : Je suis peut-être moins fasciné que lui par le pourrissement de mon corps. Je suis pourtant un garçon curieux, en règle générale, mais la mort, je préfère l'essayer le plus tard possible.

JMDF : Tu la crains parce que tu aimes la vie, tu aimes ta vie.

FB : J'admets que je voudrais être de ce monde pour voir grandir ma fille, pour écrire, voyager... aimer.

JMDF : En somme, des choses toutes simples : « Je n'ai pas peur de mourir, j'ai peur de ne plus vivre. »

FB : Mais à cela s'ajoute une idée qui m'est insupportable : sans moi, tout continuera ! Je rejoins l'aventurier Perken qui s'écrie, dans *La Voie royale* de Malraux : « Il n'y a pas de mort... il y a seulement... moi... moi... qui vais mourir. » J'aimerais que le jour de ma mort soit aussi le jour de l'Apocalypse, qu'il n'y ait plus rien après moi – je plaisante, bien sûr –, mais il est assez cruel de penser que le soleil continuera de se lever, qu'il y aura toujours des montagnes et des arbres, et des jolies femmes prénommées Amélie, avec de gros seins. Que tout cela se poursuive m'est franchement difficile à accepter, et je suis persuadé que beaucoup de gens pensent comme moi. Si le monde s'arrêtait en même temps que nous, ce serait moins vexant.

JMDF : Je ne pense pas que tu plaisantes. Même sans mourir, tu vieilliras, et les jolies femmes continueront d'être jeunes et belles, sans toi.

FB : Tu veux me démoraliser pour cacher ta propre peur de la mort. On dirait le logiciel Smith dans *Matrix 3*, quand il dit d'un ton sardonique : *« The purpose of life is to end. »*

JMDF : Ma propre mort ne me fait pas peur. J'appréhende surtout la souffrance physique. Mais par-dessus tout, j'ai peur de la mort de ceux que j'aime. Au moment où nous abordions ce sujet, je pensais, avec une certaine angoisse, à l'heure où je serais confronté à la disparition de ma mère. J'ignorais alors que je relirais le manuscrit de ce livre une semaine seulement après son brutal retour à Dieu. J'ai eu la chance d'avoir une mère merveilleuse d'attention, de délicatesse, de discrétion et de courage. Elle a respecté mon désir d'être prêtre. Ce n'était pas ce qu'elle souhaitait pour moi lorsque je lui en ai fait part, mais elle en a été heureuse et fière par la suite. La vie ne l'a pas épargnée. Toi et moi avons parlé du bonheur, elle ne l'a pas connu. C'est ce qui me fait le plus mal aujourd'hui. J'aurais tant aimé la voir heureuse à la fin de ses jours. Avec la mort d'une mère, c'est une lourde page de l'histoire d'une vie qui se tourne. Une absence qui provoque un vide immense. Plus sensible encore, je pense, pour un prêtre, un religieux ou une religieuse à cause des liens privilégiés qui existent entre eux et celle qui leur a donné le jour.

Le père Jean Debruyne écrit : « La mort est un mur, mourir est une brèche. » Ma chère maman vit dans la Paix du Seigneur, je le sais, je le crois, cependant cela n'apaise pas mon angoisse. Il y a sans doute une part d'égoïsme. Ne souffrons-nous pas davantage, privés que nous sommes de la présence de celle ou de celui que nous aimons, que parce qu'il est parvenu au terme de sa vie terrestre ?

Peut-être faudrait-il que je consulte un analyste pour trouver les raisons de cette angoisse qui me saisit à la pensée du départ de mes proches.

FB : Les prêtres qui se confessent chez les analystes, c'est la victoire de Freud sur Dieu !

JMDF : Tu sais, si j'avais eu le choix, j'aurais préféré affronter le chagrin que me provoque aujourd'hui la mort de ma mère plutôt que de lui infliger la peine qu'elle aurait eue si j'étais parti avant elle. Y a-t-il une plus grande douleur que la perte de l'un de ses enfants ? Au moins une souffrance que ma mère n'aura pas eu à connaître.

FB : Je suis, à mon corps défendant, assez matérialiste. Je crois dans le visible. C'est peut-être une position sur laquelle je reviendrai en vieillissant, quand la peur s'accentuera, mais pour l'instant je suis plutôt fataliste. Je pense que la mort est un arrêt, un terminus définitif et qu'après c'est le néant. Ce fatalisme est aussi dicté par ma peur, accentuée par le refus que ce que tout ce qui nous a été donné nous soit repris.

JMDF : Il m'est souvent arrivé de rendre visite à des personnes en fin de vie, de celles qui n'ont pas les moyens de mourir décemment, des êtres très âgés qui n'ont d'autre lieux pour s'éteindre que des « mouroirs », indignes d'un pays riche et civilisé. Je les ai entendus dire fréquemment : « J'attends, j'attends. Apparemment Dieu ne veut pas encore de moi, pourtant je suis prêt, je suis prête. » Leur décision était prise. Restait celle de Dieu à qui ils offraient leur âme, sereinement.

FB : Voilà encore un mot sur lequel il faudrait s'entendre : l'âme. Je l'ai dit, je ne crois pas qu'il y ait quelque chose qui existe avant, ou qui subsiste après. Je ne crois pas davantage en la métempsycose, une âme qui change de corps au moment de la mort, comme dans le brahmanisme. Nous sommes un corps qui vient au monde, puis qui cesse de vivre. Une sorte de machine intelligente, exceptionnelle, capable de penser, de s'interroger, et qui un jour cesse de fonctionner. Pour moi, il y a l'amour et d'autres très grandes et belles choses, mais il n'y a pas d'âme. Il m'est arrivé d'être fou amoureux, « de toute mon âme », ou rempli de gratitude pour ce qui m'arrivait, sans pouvoir utiliser le mot « âme » autrement que dans sa forme littéraire ou poétique.

JMDF : Là aussi tout dépend du sens que tu lui donnes. Pour les chrétiens, l'âme est le principe spirituel, l'agent essentiel de la vie. L'homme ne fait qu'un, de corps et d'âme. Le corps étant transmis par les parents, l'âme spirituelle et immortelle, immédiatement créée par Dieu. Et c'est grâce à l'âme que le corps, constitué de matière, est bien humain et vivant. Il n'y a pas dualité puisque cette unité âme/corps forme une seule nature. Et au moment de la mort, l'âme ne périt pas. Elle s'unira de nouveau au corps, lors de la Résurrection finale.

FB : Pour ça il faut croire en la Résurrection, comme en tous les concepts que l'homme invente dans sa quête de plénitude. Depuis qu'il réfléchit, il élabore toutes sortes d'hypothèses pour assouvir son désir d'immortalité, à commencer par l'immortalité de Dieu.

Pour toi, l'âme serait donc une sorte de moteur du corps ?

JMDF : Quand je faisais le catéchisme à des enfants, je cherchais des images pour exprimer l'idée de l'âme, souffle de Dieu. Je prenais souvent l'exemple du tournesol. Pour s'épanouir, il lui faut être ouvert et tourné vers le soleil. C'est impressionnant de voir des champs entiers, comme autant de têtes orientées vers la lumière. J'expliquais aux enfants combien cette plante ne trouve sa plénitude que lorsqu'elle est face au soleil, quand elle reçoit ses rayons qui lui insufflent la vie. Les humains sont dans cette même relation avec Dieu. Cette plénitude nous ne l'avons, dans cette vie présente, sur terre, mais surtout après la mort, qu'en Dieu. Nous sommes faits pour Dieu !

FB : Toutes ces têtes de tournesol tournées vers la lumière me rappellent plutôt les JMJ !

J'ignore si les enfants adhéraient à ta démonstration, mais ton catéchisme a connu des échecs dont je suis la preuve vivante. À l'époque j'y ai peut-être cru. Aujourd'hui, je ne suis absolument pas convaincu de ta conception de l'âme nécessaire à l'homme, de son vivant et après sa mort. Pour moi, nous sommes des animaux métaphysiques, des mammifères qui cherchons à nous rassurer par tous les moyens, y compris, s'il le faut, en fumant du tournesol !

JMDF : Ton âme fait que tu es unique. Un être unique devant Dieu. Mais d'où nous viendrait ce besoin de nous rassurer ?

FB : D'une peur du vide, d'un refus de se contenter des plaisirs matériels de ce monde, d'une angoisse ontologique. Le fait que l'homme ne puisse pas s'en passer ne prouve pas que Dieu existe. C'est simplement une des réponses qui le tranquillisent, qui rendent la vie supportable. Si Dieu n'existe pas, ça signifie, comme tu le disais, que dès notre naissance nous ne faisons que mourir définitivement, inéluctablement. Tu sous-entends une mort terrestre avec suite dans l'au-delà. Tandis que moi pas. C'est sans suite, définitif, ce qui est difficilement acceptable. Voilà pourquoi j'aime les philosophes nihilistes, ou le nihilisme en général qui est une sorte de pessimisme intégral, héritier de l'Ecclésiaste, donc de ta Bible ! Il a d'ailleurs produit d'assez grandes œuvres, angoissées, sombres, noires mais belles, comme chez Schopenhauer, Cioran, Céline, Bukowski, Kafka, Régis Jauffret et Pierre Mérot. C'est dans ce réalisme pessimiste, parfois ironique, parfois cynique, que je me situe, avec toujours au-dessus de moi cette épée de Damoclès qui est la mort.

JMDF : Ton pessimisme me touche, mais je ne le partage pas. La mort représente, pour moi, un passage. « Celui qui mange ma chair et boit mon sang a la vie éternelle et moi, je le ressusciterai au dernier jour[1] », a dit le Christ. C'est le passage de la mort à la vie éternelle, de ce monde-ci à celui de Dieu. Je vis dans l'espérance qu'un jour en Jésus-Christ, en Dieu, je trouverai la plénitude, réponse à ce besoin d'infini que nous éprouvons tous...

FB : Et ce sera le paradis ! J'ignore s'il existe, mais l'enfer, j'en suis sûr : c'est le xxᵉ siècle.

JMDF : Je crois que l'enfer existe dans l'au-delà, car je crois que Dieu respecte ma liberté, y compris celle de le rejeter. Mais j'espère qu'il n'y a pas grand monde.

---

1. Jean, VI, 54.

FB : J'avais plutôt l'impression d'un endroit sur-peuplé.

JMDF : Non, parce que le Christ pardonne, à l'ex-ception du seul péché de la négation de Dieu que j'ai déjà cité : « J'ai la certitude que Dieu existe, et je le nie. »

FB : Dans ce cas, où serait Hitler ? En enfer ou au paradis ?

JMDF : Il ne m'appartient pas de répondre à une telle question. Dieu seul peut le faire. Mais si j'ai un avis à donner, Hitler, je le vois plutôt en enfer, car en niant l'homme comme il l'a fait, il a nié Dieu.

FB : Cela revient à dire que si vous êtes gentils, vous serez dans un endroit magnifique avec des anges et des créatures sublimes, et si vous êtes mauvais, vous serez embroché et rôtirez dans un endroit pire que la Terre. La carotte et le bâton ! Encore !

JMDF : Il ne s'agit pas d'un lieu, mais d'un état. Il ne faut pas imaginer le paradis dans la vision mythique d'un jardin des délices, mais plutôt comme le bonheur sans fin trouvé par l'homme, après sa Résurrection et dans sa relation à Dieu. De même pour l'enfer, oublie sa forme réaliste, comme les hommes en ont véhiculé la représentation dans la peinture, par exemple. L'enfer n'est pas une sorte de punition que Dieu infligerait. C'est une façon de nous rappeler notre liberté de choix, les efforts qu'il nous faut faire sur nous-mêmes pour nous élever, et qu'en ne les faisant pas nous ratons tout ce que nous gagne-rions en étant meilleurs. Ainsi ce rejet ne vient-il pas de Dieu. Il s'agit de notre propre exclusion, qui nous éloigne de Dieu.

FB : J'aime bien la vision imagée, pourtant. J'y trouve un intérêt dans la littérature, une fois de plus, chez Dante, bien sûr. Si personne n'avait imaginé un concept aussi insensé, nous aurions été privés d'une quantité de poésies merveilleuses.

JMDF : La définition de Dieu, c'est l'amour, qui ne peut être que pardon, dès lors que l'égaré reconnaît son erreur. Il n'y a pas d'amour sans pardon. L'un et l'autre sont inséparables. Le Christ ne dit-il pas à propos de Marie-Madeleine qu'il lui sera beaucoup pardonné car elle a beaucoup aimé.

FB : J'ai un avant-goût terrestre de ce qui m'attend après, car, pour moi, certains jours, l'enfer c'est moi-même !

JMDF : Nous sommes nombreux dans ce cas. Me crois-tu épargné ? Il est important de rappeler ce qui est dit dans l'Évangile. Aux yeux de Dieu, l'essentiel est la fraternité, l'attention aux autres : « Tu as souffert et je suis venu vers toi. » « Aimez-vous les uns les autres comme je vous ai aimés. »

FB : Tu places Dieu dans les cieux ?

JMDF : Là encore, c'est une image qui signifie qu'Il est hors de notre portée et pas à notre merci. Être à sa droite, c'est être du côté du Christ et de l'avenir absolu de l'homme.

FB : Par conséquent, grâce au pardon, l'immense majorité devrait être à droite du Père. C'est réconfortant. Donc le bien, le mal sont autant de notions à relativiser puisque, arrivés là-haut, tout s'efface. C'est risqué, parce que la méchanceté est souvent plus séduisante, plus drôle et plus vivante, peut-être même plus créative, que la gentillesse. Le malheur, qui nous révèle bien des choses sur nous-mêmes, est plus productif que le bonheur. Comme le paradis. Si je m'en réfère à l'imagerie traditionnelle, l'Éden doit être d'un ennui total, alors qu'en enfer, ça doit être « chaud » !

JMDF : Parler de gentils et de méchants est un peu simpliste, mais si je te comprends bien tu veux dire : ne soyons pas gentils, nous risquerions d'être heureux ?

FB : Non ! Gide dit qu'on ne fait pas de bonne littérature avec de bons sentiments. Soyons méchants puisque de toute façon nous serons malheureux !

Mais comment un bon catho, comme toi, fait-il face à la mort ?

JMDF : Comme tous les prêtres j'y suis confronté, plus souvent que le commun des mortels, et contrairement à ce qu'on pourrait penser, nous ne nous y habituons pas. Nous ne l'acceptons pas sans douleur, sans révolte, parce que nous sommes, nous aussi, des humains qui la redoutons. Mais quand je songe à la mort du Christ et à sa Résurrection, alors j'ai la réponse. L'Église a porté le chrétien pendant sa vie terrestre, et elle l'accompagnera jusqu'au passage dans le royaume du Père. C'est dans l'amour absolu de Dieu, dans son royaume, que nous atteindrons la plénitude. La mort est l'offrande totale de nous-mêmes à Dieu, comme l'a fait le Christ, et la Résurrection nous mène à l'alliance, totale et définitive, avec Dieu.

FB : Avec la Résurrection, les chrétiens ont donc une réponse rassurante à la mort. Mais avant, il y a la vie et la naissance. Une phrase de Baudelaire me revient à l'esprit : « Nous pouvons regarder la mort en face, mais sachant, comme quelques-uns d'entre nous le savent aujourd'hui, ce qu'est la vie humaine, qui pourrait sans frissonner regarder en face l'heure de sa naissance ? » Cela m'inspire alors une autre question, qui me paraît bien plus essentielle : n'y a-t-il pas dans le fait d'être ici quelque chose d'insupportable ? Et pour aller plus loin, cette question que je me pose souvent et qui explique peut-être cette existence que je consume par tous les bouts : pourquoi ne sommes-nous pas immortels ?

JMDF : Mais nous le sommes ! Peut-être ne savons-nous pas vivre, ne savons-nous pas aller vers les vrais buts, le vrai sens ? Ce parcours terrestre nous est peut-être nécessaire pour comprendre l'homme et atteindre Dieu par la Résurrection. Ces deux éléments, parcours et Résurrection, étant les justifications que je trouve à notre passage sur terre. Et peut-être ne comprendrons-nous les raisons de la vie qu'en mourant, en découvrant que seule la mort nous mène à l'immortalité.

CHAPITRE XI

De la résurrection

FB : Devant la situation écologique catastrophique de notre monde, je me dis que nous vivons peut-être à l'intérieur d'un vaste cauchemar, dont je me demande si nous nous réveillerons un jour. Peut-être partirons-nous tous en fumée, pour revenir en petits hommes verts.

JMDF : Cela s'appelle la réincarnation. Tu abordes là un thème qui connaît, depuis quelques années, un vrai regain d'intérêt en Occident. Et cela en dit long sur l'état de notre société. On constate que les gens croient de moins en moins en la Résurrection et de plus en plus en la réincarnation, y compris chez les catholiques. J'ai souvent réfléchi aux raisons qui pourraient expliquer ce nouvel engouement.

FB : Mode bouddhiste ! Le dalaï-lama est plus « in » que le pape ! Pourtant lui aussi condamne la contraception...

JMDF : Je me demande si ce n'est pas lié à un attachement, finalement plus fort qu'on ne le croit, à ce monde où nous vivons. Malgré tous ses défauts, les humains finissent par bien l'aimer, notre bonne vieille Terre. Il est rassurant de se dire : je reviendrai dans ce monde que je connais. Même si c'est en grenouille ou en lapin, j'y reviendrai.

FB : Ce qu'il y a de singulier, c'est que souvent les gens rêvent de revenir en grenouille, en lapin ou en petit écureuil, mais rarement en cafard, en rat ou en asticot dans une bouse de vache !

JMDF : Et ceux qui prétendent être réincarnés ont été forcément, dans des vies antérieures, des personnages importants.

FB : Il est plus flatteur d'avoir été pharaon, plutôt qu'eunuque.

Les hindouistes se voient plutôt revenir en animal, en oiseau ou en serpent. Platon soutenait la théorie des contraires, avec la vie qui engendre la mort et vice versa. Et moi, j'aime bien cette conception d'un cycle éternel. Conserver son âme qui va animer plusieurs corps, c'est vachement séduisant. Chaque vie peut ainsi rattraper la précédente. Ce serait chouette de vivre plusieurs fois.

JMDF : Cela véhicule de belles idées. Comment être raciste ou antisémite si, dans une vie antérieure, j'ai été juif, arabe, africain ou asiatique, alors que dans cette vie-ci je suis catholique, bien blond, bien blanc ?

Dans la foi chrétienne, l'idée de transmigration de l'âme d'un corps à l'autre est tout à fait exclue. Notre corps n'est pas une enveloppe dont on pourrait changer. L'homme est un, corps et âme, uni au Christ.

FB : À la réflexion, je ne suis plus aussi certain d'aimer cette hypothèse, qui serait une bonne affaire pour les psys. Parce que, s'il est normal que l'on puisse avoir peur de la mort, avec la réincarnation on risque de se compliquer la vie et de redouter notre avant-naissance. Et si on a été cafard dans sa vie précédente, la question devient kafkaïenne ! Comme si les problèmes quotidiens et actuels ne suffisaient pas.

JMDF : Parlons plutôt de la Résurrection, qui est le fondement même de la foi chrétienne. Croire au Christ, c'est croire en la Résurrection. Si l'homme réagit avec sa raison, cela va lui paraître impossible. Or tout est possible à Dieu. Et quand le Christ nous demande de croire en sa Résurrection, il repousse les bornes de ce que l'intelligence humaine peut, *a priori*, concevoir. Et pourtant Jésus va ressusciter. Il apparaît d'abord aux femmes. Elles seront les premières messagères de sa Résurrection.

FB : Il avait le sens de la communication. En apparaissant aux femmes, il était certain que la rumeur allait vite se propager...

JMDF : Tu es un vrai macho ! Et tu rejoins ce qui a été dit à l'époque : leurs propos ont semblé être du radotage. Mais Jésus apparaît aussi à Pierre, puis aux Douze qui s'écrieront tous : « C'est bien vrai ! Le Seigneur est ressuscité et Il est apparu à Simon[1]. » Et plus tard, Paul dira même qu'Il est apparu à plus de cinq cents personnes, en une seule fois. C'est un fait, un constat, et pas la conviction d'un mystique exalté qui aurait eu des visions. Il s'agit de toute une foule

1. Luc, XXIV, 34.

qui est même effrayée de ce qu'elle voit. Ce n'est pas le fruit d'une hallucination ou d'un abus de crédulité. Au contraire, ses disciples vont même douter de ce qu'ils ont vu, tant ils sont étonnés. Comme on dirait aujourd'hui, ils n'en croient pas leurs yeux. Et Jésus le leur reprochera en leur apparaissant. Ils vont pouvoir le toucher, constater qu'il n'est pas un esprit. Ils prendront conscience, alors, de ce que Jésus est bien ressuscité, mais qu'Il appartient désormais au domaine divin du Père. Il ne s'agit pas d'un miracle qui Le ramène à la vie terrestre mais, comme le dit saint Paul, Il devient « l'homme céleste ».

FB : Si on admet ton raisonnement, ton récit, il faut relever aussi que personne ne dit avoir été le témoin oculaire de cette Résurrection, en direct live. Comment Jésus est-il passé de trépas à vie ?

JMDF : C'est vrai, personne n'a dit avoir assisté à cette Résurrection, personne n'a pu décrire comment elle s'est effectuée physiquement. Il n'empêche que les apôtres ont vu Jésus ressuscité et le tombeau vide. Les linges enveloppant le corps, affaissés sur place comme si celui-ci s'en était retiré sans y toucher.

FB : Tout cela est une jolie histoire et on peut comprendre que certains n'y croient pas. Ce qui me rend soupçonneux à l'égard de la croyance en un au-delà, c'est qu'elle engendre les dérives que l'on sait : si vous tuez pour votre Dieu, pour votre religion, après la mort, vous atteindrez le paradis. Les islamistes qui se sont suicidés à Madrid ont crié, avant de se faire sauter : « Dieu est grand ! Nous allons mourir en tuant ! » Je préfère encore le bon vieux *carpe diem*.

Je me permets d'émettre un sérieux doute sur ce concept de Résurrection, même si, à moi seul, je ne prétends pas bousculer ici les fondements sacrés du christianisme, qui bercent l'espoir de centaines de millions d'êtres humains.

JMDF : Tuer au nom de Dieu est une trahison de Dieu. Et la Résurrection du Christ est le principe même de notre propre Résurrection, celle que nous attendons le dernier jour de l'histoire : ce jour-là, nous revivrons dans notre propre corps.

CHAPITRE XII

Des Écritures

FB : Il y a des livres qui ont marqué ma vie. *L'Attrape-Cœurs* de Salinger, par exemple, *Crash* de Ballard, *Tendres Stocks* de Morand, les *Chroniques* de Vialatte, ou encore le *Journal* de Jules Renard. Mais la Bible, j'ai tenté de la lire d'un bout à l'autre, Ancien et Nouveau Testament, je n'ai jamais pu ! Il y a tout et son contraire.

JMDF : Imagine une grande bibliothèque où l'on trouverait des poèmes, des romans, des légendes, des livres historiques. Tous les genres littéraires. Lorsque l'on entreprend la lecture d'un livre, on ne l'aborde pas de la même manière selon qu'il s'agit de contes et légendes, d'un roman historique ou d'une biographie. On n'a pas le même regard, la même approche, selon les types d'ouvrages. Eh bien la Bible, c'est cela. Une bibliothèque, dans laquelle il y a des légendes, des poèmes, des récits historiques, des chants, des psaumes, des proverbes, des prophéties, des apocalypses, des prières, des odes, des lettres, etc. Le lecteur qui s'apprête à lire la Bible sans en avoir les clés sera soumis à rude épreuve. Pour pénétrer dans les arcanes de compréhension du plus fabuleux livre de l'histoire des hommes, il est souhaitable d'être accompagné d'une personne plus compétente que celle qui découvre les Écritures pour la première fois.

FB : Tu as un rapport sacré à la Bible et moi j'y ai un rapport littéraire, à travers cette grande tradition des écrivains français catholiques : Mauriac, Bernanos, Claudel, tradition qui se perpétue dans ma génération avec Marc-Édouard Nabe et son *Âge du Christ* ou Maurice G. Dantec que je trouve franchement plus exaltant que Christian Bobin !

JMDF : Je n'ai pas lu tous ces écrivains contemporains, mais je suis heureux de constater que la tradition d'ouvrages concernés par le fait religieux se perpétue.

FB : Dans mes romans, j'évoque très souvent la Bible. Elle fait partie de ma culture. Dans *L'amour dure trois ans,* je cite à plusieurs reprises le Cantique des cantiques. Dans *99 francs*, j'ai introduit de nombreuses phrases des Écritures, notamment : « Au commencement était le Verbe. » J'y aborde entre autres ce que dit la Bible sur la pub, parce que la Bible parle de pub : « Tu n'adoreras pas d'idole », ou « Tu ne fabriqueras pas d'images ». Dans mon dernier roman, *Windows on the world*, il y a plusieurs extraits de la Genèse, entre autres, sur la tour de Babel. J'ai été fasciné par cet épisode. Ne peut-on pas y voir un parallèle, en quelque sorte, avec le 11 septembre ? Cette tour où les humains se sont pris pour Dieu. Ils ont voulu construire de quoi monter jusqu'au ciel pour s'y mesurer à Dieu, Dieu qui les a punis. Si on en croit la Genèse, j'ai l'impression que Dieu est contre la mondialisation.

JMDF : C'est une interprétation assez libre, me semble-t-il, de la tour de Babel. « Dieu les dispersa sur toute la terre et confondit leur langage. Et ils ne se comprirent plus entre eux. » Mais dans le Nouveau Testament, il y a la réponse. Lorsque les apôtres sont enfermés au cénacle, après avoir reçu l'Esprit Saint, Pierre sort et s'adresse à la foule des juifs pour leur dire ce qu'il a enfin compris : qui est le Christ. Il parle dans sa langue. Mais tous les gens qui sont venus de toute part et qui ne connaissent pas sa langue se demandent comment il se fait qu'ils le comprennent.

FB : Mais alors, Dieu est pour ou contre la mondialisation ?

JMDF : A priori, Il devrait être à la fois pour et contre. Afin que toute l'humanité se retrouve à travers Lui. Contre une conception qui appauvrit les démunis. Mais il est important d'associer le moment de la punition de Dieu, où les hommes ne se comprennent plus entre eux, et ce moment où, après avoir reçu l'Esprit Saint, Pierre s'adresse à tous les hommes qui à nouveau se comprennent.

FB : Quand on voit deux avions s'écraser dans les deux tours, symbole du capitalisme mondial, ne peut-on pas penser qu'il y a dans la Bible des messages codés qui devraient nous permettre de comprendre la réalité ? La Bible serait-elle vraiment prophétique comme beaucoup l'affirment ? Dans mes délires, j'y trouve des coïncidences étranges. La tour de Babel a été construite à Babylone, comme son nom l'indique, donc en Irak. C'est troublant, au regard de la situation américaine avec ce pays. Avant cette tour, il y en a eu une autre élevée non loin de là, à Borsipa, et balayée, selon les traditions, pour les mêmes raisons que celle de Babel. Deux tours détruites en Mésopotamie, l'Irak d'aujourd'hui, parce que les hommes voulaient rivaliser avec Dieu, deux tours détruites à Manhattan, où les hommes se sont élevés au plus haut de l'échelle du dieu fric. On pourrait étendre l'allusion à la dispersion biblique des esclaves de toutes origines, venus de toutes les régions de Mésopotamie, et à Manhattan, aux personnes de soixante-deux nationalités prisonnières du World Trade Center ! Voilà de quoi laisser perplexe, voilà qui me travaille au point que mon ambulance m'attend et que les deux infirmiers, entrés à l'instant dans cette pièce, vont m'être d'une aide précieuse !

JMDF : Je trouve que parfois tu déraisonnes. Tu vas trop loin dans cette association d'idées. Et pour m'attacher à une lecture moins « tortueuse » des Écritures, lorsque Dieu disperse ces Mésopotamiens, faisant en sorte que les mots ne correspondent plus aux choses pour que les hommes ne se comprennent plus, il crée ainsi les nations.

FB : Quand on demande à Stéphane Zagdanski s'il croit en Dieu, il répond : « Comment ne pas croire en un type qui a écrit un si bon roman ? » J'ajouterais, si tu le permets : et quel best-seller ! C'est le livre le plus vendu sur la planète.

JMDF : Mais il faut être préparé à sa lecture.

FB : Sous-entends-tu qu'elle n'est pas à mettre entre toutes les mains ?

JMDF : Ce n'est pas ce que je dis. Je précise seulement qu'il est délicat de vouloir lire la Bible sans avoir été initié à son décodage. Sa lecture va au-delà des mots, pour y trouver la Révélation. Il faut d'abord replacer les Écritures dans les traditions orales de l'époque. Le lecteur doit faire preuve d'une grande modestie sans vouloir interpréter le texte au profit d'idées personnelles. Prenons l'exemple de la Création. Le récit de la pomme. Il existe une lecture fondamentaliste qui présente ce chapitre comme la preuve de la désobéissance à Dieu. Ils ont croqué le fruit, ils n'avaient pas à le faire. N'oublions pas qu'ils l'ont mangé parce que le serpent leur a dit qu'ils seraient ainsi l'égal de Dieu.

FB : Il y en a beaucoup qui ont cette lecture en Amérique, ils s'appellent les créationnistes.

Ce qui m'amuse, c'est que l'humanité descende d'un inceste. Adam et Ève font des enfants qui copulent en famille. Et il y en a qui continuent de prendre ça au premier degré ! Donc nous sommes le fruit d'un inceste originel, ce qui explique que nous soyons devenus des créatures dégénérées, des anormaux consanguins...

JMDF : Ces créationnistes s'attachent à la lettre. Nous chrétiens, cherchons à comprendre le message. Au début de l'histoire de l'humanité, les hommes se sont rebellés contre Dieu. Et le récit de la pomme est une parabole. De même que la façon dont nous est racontée la Création, l'essentiel du message est que Dieu est à l'origine de la vie. Voilà quelques exemples et ils sont une multitude, au fil des pages, qui prouvent combien il faut être prudent dans la lecture de la Bible. Retenons, avant tout, que ces deux ensembles de livres, Ancien et Nouveau Testament, sont inspirés. Cette inspiration est le fait de Dieu. Ce qu'Il voulait révéler aux hommes et cette « parole de Dieu », les auteurs les ont rédigés selon leur langue, leur culture, leurs connaissances et les auditoires auxquels ils s'adressaient. Ces écrits ont forcément été précédés d'une tradition orale, voire, pour ce qui est de la Création ou du Déluge, d'écrits remontant à trois millénaires avant Jésus-Christ. Les archéologues ont retrouvé, en Mésopotamie, des tablettes avec des inscriptions cunéiformes qui racontent des événements décrits dans la Bible, écrite près de trois mille ans plus tard. L'épopée de Gilgamesh en est le meilleur exemple.

FB : Aujourd'hui, dans l'édition, ça ferait un sacré procès pour plagiat !

Mais bon, les Écritures donnent une foule de préceptes ou d'ordres, que l'Église veut nous voir suivre aujourd'hui encore, alors qu'ils sont complètement dépassés. À commencer par les commandements : « Tu n'auras pas d'autre Dieu devant ma face, tu ne feras aucune idole ni aucune image de ce qui est en haut dans les Cieux ou sur la Terre en bas... et tu ne les adoreras pas. »

La pub, la télé, le cinéma fabriquent des idoles qui asservissent les hommes. Moi-même j'ai beaucoup désobéi à ce commandement. Dix ans dans la publicité oblige à créer des images, des idoles, et à lancer des campagnes que j'ai parfois adorées, où j'ai poussé les masses à me suivre dans cette adoration.

JMDF : Tu as fabriqué des idoles ?

FB : J'y ai contribué, comme avec Eva Herzigova dans la campagne Wonderbra, par exemple.

JMDF : Tu n'en as pas fait des dieux.

FB : Les rock stars, les mannequins vedettes, les acteurs, les animateurs télé et la façon dont nous les mettons en avant dans les métiers de la communication, deviennent des idoles, des demi-dieux. Pour certaines foules, ne remplacent-ils pas le Grand Absent ?

JMDF : Sans aller jusque-là, c'est vrai que le culte excessif des idoles, les collections de tous les objets qui ont pu leur appartenir, tient parfois du culte des reliques.

Si certains de nos contemporains en sont là, ce n'est pas que Dieu est absent, mais qu'il y a un vide spirituel que nous ne sommes pas parvenus à combler.

FB : Beaucoup préfèrent être en communion à un concert rock, qui pour eux est une messe, plutôt que le dimanche, dans une église.

Heureusement quelques commandements sont toujours d'actualité. « Tu ne tueras point » n'a pas pris une ride, par exemple. Les droits de l'homme se le sont approprié et c'est tant mieux.

JMDF : Ça n'a pas pris une ride, et en même temps, on a été très inventif dans ce domaine.

Il faut savoir lire ces commandements. Ce sont avant tout des règles de vie, les préceptes de l'idéal. En les suivant, l'homme va à la rencontre de Dieu. Et

l'on y obéit en regard des autres puisque ces recommandations ont pour enjeu le respect de son prochain
qui, par conséquent, devrait nous respecter à son tour.
Ainsi l'humanité peut-elle évoluer en ayant assimilé
ces commandements, sans les redouter comme autant
d'interdits absolus. Personne ne demande qu'ils soient
connus par cœur, mais plutôt que l'homme les
applique sans même s'y référer, tant ils sont inscrits
en lui.

À ce sujet, je vais te raconter une anecdote. Un de
mes amis évêques m'avait invité à un pèlerinage, dans
un coin retiré de l'Aveyron. Le prêtre des lieux m'a
demandé de l'aider à confesser les pèlerins. Mais les
personnes se confessaient comme on le leur avait
appris à l'époque de leur catéchisme. Et cela donnait
une confession surprenante, pour moi, où les
personnes, au lieu de me préciser leurs péchés, résu-
maient en disant : « J'ai failli au premier commandement deux fois, au deuxième commandement trois
fois, au quatrième six fois », etc. Or, j'étais incapable
de citer les commandements dans l'ordre, et donc
d'associer leurs péchés à l'un des dix !

FB : L'Église est vraiment représentée par des ama-
teurs ! Heureusement, la police veille, puisque plusieurs de ces commandements sont des éléments de la
morale d'aujourd'hui. Une sorte de « soft idéologie »
humaniste/humanitaire s'est bâtie avec les droits de
l'homme, s'ajoutant aux lois laïques qui interdisent le
crime, le viol, le vol, et voilà nos commandements du
XXIe siècle. Mais quand on les relit dans le texte, il
faut un certain talent pour tous les observer.

« Tu ne convoiteras point la maison de ton prochain

ni rien de ce qui lui appartient. » Les auteurs des Écritures étaient des visionnaires, qui ont dû rédiger leur texte en prévision des dérives du capitalisme, du libéralisme sauvage. Le système actuel ne repose que sur la convoitise, sur l'exposition médiatique de besoins artificiels, sur la jalousie, sur le désir physique et l'envie de biens matériels. Et dans toute l'histoire de l'humanité, ce travers des sociétés n'a jamais été plus violent qu'aujourd'hui. Grâce – ou à cause – des *mass media* et des télévisions mondiales, même dans les pays reculés, les plus pauvres peuvent suivre sur un écran ou sur les pages des journaux la vie des riches de ce monde, avec leurs châteaux, leurs palais, leurs bateaux et leurs voitures de sport. Comment peut-on leur demander de ne rien convoiter ?

Ce que dit ce commandement condamne notre époque, où l'économie libérale exploite la convoitise dans chaque hypermarché et exhibe sa richesse de plus en plus obscène au nez des pauvres.

JMDF : De nombreux chefs d'entreprise chrétiens se posent régulièrement la question : comment diriger leurs affaires et les développer dans un esprit chrétien ?

FB : Comment dire à un Arnaud Lagardère de ne pas convoiter Canal + ou Michel Houellebecq ? Quel déchirement que la lecture comparée des bilans et des Écritures !

JMDF : Ces commandements ont été gravés dans la pierre il y a plus de trois millénaires. Certains sont passés dans les lois laïques du monde, mais parfois, il est vrai, les sociétés modernes sont devenues amnésiques.

FB : Justement, n'est-ce pas le rôle de l'Église que d'adapter son exigence de respect des Écritures aux réalités contemporaines ? Pourquoi ne dirait-elle pas que l'économie doit rester à échelle humaine ? Que ce qui n'allait pas dans le communisme, c'est qu'il était devenu une barbarie inhumaine, alors qu'on peut imaginer un système social-démocrate à visage humain ? De la même manière, le capitalisme actuel n'est-il pas devenu uniquement spéculatif ?

Ce que le pape a fait au communisme, il peut le faire au capitalisme !

JMDF : Le pape Jean-Paul II ne dit rien d'autre que ce que tu soulignes. Hélas, ce n'est pas ce que l'on retient. L'Église demande aux chefs d'entreprise de s'occuper du sort de leurs collaborateurs avant de chercher à devenir un conglomérat mondial, totalement incontrôlable et vorace.

FB : Ton Église devrait donc être contre les fusions-acquisitions. Et elle devrait le répéter, sans cesse. D'ailleurs, je note au passage que le pape est altermondialiste quand il milite pour la réduction de la dette des pays du tiers-monde. J'ai également remarqué la présence du Secours Catholique au Forum social de Saint-Denis, l'an dernier. Bref, Dieu n'est pas ultra-libéral !

JMDF : « Que dois-je faire de bon pour avoir la vie éternelle[1] ? », demande un jeune homme riche au

---

1. Matthieu, XIX, 16.

Christ. Alors que le Christ lui répond, le jeune homme s'en va. Il n'est pas prêt, ou pas apte, à entendre ce que le Christ lui dit. C'est un rappel de la notion de liberté face à la foi.

FB : L'homme est, de tout temps, fondamentalement mauvais, voire dangereux, et les dix commandements ont été inventés pour le discipliner, pour limiter les dégâts.

JMDF : L'homme est aussi fondamentalement bon. Et son déchirement intérieur, permanent, entre le bien et le mal, est la preuve qu'il connaît le code de sa route et qu'il est libre de le respecter ou non.

FB : Dans cette balance bien/mal, le progrès de l'humanité me laisse pessimiste. Oui, l'avancée d'un certain confort dans divers domaines, dont la médecine, est indiscutable. Mais ce même progrès s'est accompagné d'un bond technologique dans la capacité de destruction et de barbarie, comme on n'en a jamais vu dans l'Histoire.

JMDF : De la même manière et dans le même temps, on n'a jamais vu d'aussi extraordinaires mobilisations de générosité. Je crois en l'homme, religieux ou profane, qui ne s'est jamais aussi bien comporté, en termes de solidarité face à la souffrance des autres comme au niveau du partage et de l'entraide.

FB : Il n'est peut-être pas devenu meilleur, mais plus extrême, dans le positif comme dans le négatif.

JMDF : Non, pour moi l'homme est bon, par nature. Depuis les origines, les exemples sont multiples : Abraham, Moïse... dans les Évangiles : Jésus, les apôtres, le Bon Samaritain... et tant d'anonymes

aussi. La Bible est pleine de grandes figures géné-
reuses, éprises de bonté.

FB : Mais toutes ces paraboles ne sont-elles pas un
peu éculées, dans la lecture que l'on en a
aujourd'hui ?

JMDF : L'essentiel n'est pas de s'arrêter à la façon
dont les histoires nous sont racontées, mais d'en chercher le sens.

FB : Dans ce cas, je suis en parfait accord avec toi.
S'il ne faut pas prendre la Bible au pied de la lettre,
s'il faut la considérer comme métaphorique, alors j'y
adhère. C'est un merveilleux recueil poétique, au
même titre que *Les Fleurs du mal* (en moins sexy).
Oui à la Bible, si on la lit comme une série de métaphores poétiques.

JMDF : La différence qu'il peut y avoir entre ton
regard sur la Bible et le mien, c'est que tu appliques
cette interprétation à l'ensemble du texte, alors que, à
mon avis, cela ne concerne que certains récits, notamment de l'Ancien Testament. Je n'ai pas la même lecture lorsqu'il s'agit du Nouveau Testament. Car ce
qui nous est relaté sur le Christ par les apôtres, c'est
ce que des hommes, des témoins directs, ont vécu.

FB : À quelques siècles de distance, tout de même !
Dans les Évangiles, il y a des passages difficiles à
croire : la multiplication des pains, la marche sur l'eau
et tous les miracles...

JMDF : Il ne faut pas considérer les récits évangéliques comme des récits journalistiques. Avec toute
une équipe de rédacteurs, j'ai eu l'idée de créer, il y
a quelques années, des journaux qui auraient pu être

publiés au temps du Christ : *Le Journal de l'Évangile*. Nous avons traité de la société telle qu'elle était au tout début de notre ère. Avec des brèves, des faits divers, des recettes de cuisine, la mode... mais évidemment nous traitions aussi de la vie du Christ, avec des interviews de témoins, etc. L'accueil n'a pas été unanime. Certains exégètes ont attiré mon attention sur le risque qu'il y avait à encourager une sorte de lecture fondamentaliste, en laissant penser que les récits évangéliques relataient des faits à prendre à la lettre.

Or, pour certains épisodes c'est le cas, pour d'autres il faut se concentrer sur le message. Il en est ainsi des miracles. Il faut chercher leur sens.

FB : Et la multiplication des pains, des poissons, Lazare lève-toi et marche... Tous les miracles des Évangiles veulent prouver la puissance de Dieu.

JMDF : La multiplication des pains ne peut pas être dissociée de l'eucharistie, elle annonce l'eucharistie. Il faudrait une longue explication pour ne pas s'attacher qu'au côté merveilleux !

FB : Et l'eau changée en vin, je l'ai déjà vu faire dans des restaurants ! Deux tiers d'eau, un tiers de vin !

JMDF : Sans passer en revue, ici, tous les miracles, retenons celui de Jésus à Cana, où un père vient le supplier de sauver son enfant qui se meurt en Judée. De même, quand Jésus guérit le paralytique, l'homme à la main sèche ou l'aveugle, quel est le message ? Pour ce dernier, Jésus va prendre de la terre, y mettre de sa salive et la lui poser sur les yeux. Si vraiment

Il a la capacité de guérir l'aveugle, Il n'a pas besoin
de cette mise en scène, mais nous si, peut-être ?
Là encore, il faut chercher le message. Si Jésus se
comporte ainsi, c'est parce qu'il veut nous montrer
qu'il agit avec les hommes, avec leur foi, et pas seul ;
que c'est ensemble, lui et nous, que nous pouvons
avancer. Nous ne sommes pas des objets passifs.

FB : À partir du moment où tu considères que tout
n'est pas historique et qu'il faut chercher un sens différent à ces textes, autre que la lecture au premier
degré, et que ce sens dépend de la foi, je ne peux
absolument pas aller contre.

Pour moi, la Bible demeure un des plus fabuleux
ouvrages, un livre de contes, de symboles qui peuvent
peut-être nous servir à comprendre la religion. Mais
en ai-je besoin dans ma vie de tous les jours ? Je ne
crois pas. Je respecte ces Écritures comme un élément
important du patrimoine de l'humanité, en tout cas du
patrimoine des juifs et de ceux qui ont grandi dans les
pays chrétiens, puisque tout le monde est influencé
par la Bible, y compris les incroyants, les blasphéma-
teurs et les pamphlétaires ! Je respecte aussi l'œuvre
littéraire que représente la Bible. D'un point de vue
poétique, métaphorique et symbolique, ça me paraît
très beau. Comme, par exemple, le Cantique des cantiques, je l'ai déjà cité, un texte splendide. Même d'un
point de vue formel, il y a des idées extraordinaires dans les Évangiles : le procédé qui consiste à
raconter l'histoire d'un type à travers les récits de
quatre témoins, qui ne vont pas tous dire la même
chose, mais qui vont se compléter. Cet aspect kaléi-
doscopique du récit, pour parler de la vie d'un sujet

éminemment important, est une trouvaille de forme exceptionnelle, qui a d'ailleurs été reprise très souvent par des écrivains – Lawrence Durrell dans *Le Quatuor d'Alexandrie* – et des cinéastes – Tarantino dans *Pulp Fiction*. La Bible regorge de modèles de narration ultramodernes, à l'image de ces boules à facettes dans les discothèques, sur lesquelles on projette un rayon laser qui renvoie des lumières dans tous les coins de la salle. Tu vois, moi aussi j'ai mes métaphores. De la lumière centrale qui éclaire le monde !

JMDF : Les différences qui interviennent dans les quatre Évangiles s'expliquent par le fait que chacun de ces prédicateurs, qui annonce ce qu'il a vécu avec le Christ, tient compte de son auditoire et de la culture propre à ce groupe. C'est bien du même et unique Christ dont on parle et de la relation des mêmes événements. Pourtant chacun va mettre l'accent sur un aspect particulier, en fonction de sa communauté. Quand l'un s'adresse à des Grecs, il sait qu'ils ont une culture influencée par la philosophie de Platon, alors qu'un autre va s'adresser à des juifs et cibler ses propos en fonction de son auditoire.

FB : Encore le sens de la pub. Viser le cœur de cible !

JMDF : Ce n'est pas pour autant que ces témoins vont inventer n'importe quoi. Si l'on procède à une étude synoptique des quatre Évangiles, en plaçant chacun des passages identiques les uns en regard des autres, on notera des différences, mais le témoignage est le même.

FB : Alors Dieu est contre l'autofiction ! Parce qu'on aurait pu imaginer que Jésus ait raconté sa vie, Lui-même, comme beaucoup de gens bien moins intéressants le font aujourd'hui. Dans mes livres, je suis un autobiographe, j'emploie le *je*, je raconte ma vie parce que j'estime qu'elle est passionnante et qu'elle mérite d'être écrite pour que tout le monde en profite ! (J'ironise, bien sûr.) Jésus avait de bien meilleures raisons que moi de rédiger lui-même Son récit. Cela Lui aurait permis de présenter les choses à sa guise, sans courir le risque que la vérité soit déformée ou aménagée. Non ! Dieu n'a pas voulu qu'il en soit ainsi. Il est pour le romanesque... Dommage ! J'aurais bien aimé que Jésus ait pris la plume. « Bonjour, je me prénomme Jésus et je suis le Fils de Dieu. » Pas mal comme première phrase. Ou mieux : « My name is Christ. Jesus-Christ », façon James Bond ! Ah, ça m'inspire ! Pourquoi n'a-t-Il pas écrit sa vie ?

JMDF : Il n'a pas été envoyé parmi les hommes pour cela, mais pour révéler le Père, pour faire connaître Dieu, dire aux humains qu'ils sont aimés de Dieu.

FB : Tu sembles faire une différence entre l'Ancien Testament et le Nouveau, sur le fait que le premier ne constitue pas des témoignages directs, alors que l'autre, oui. Est-ce que ça implique qu'on peut accorder plus de crédit au Nouveau Testament ?

JMDF : Non, ce n'est pas ce que je prétends. Ce n'est pas parce que l'on rapporte une tradition orale qu'elle est fausse. Moïse représente un des socles des religions juive et chrétienne. La différence essentielle, pour moi, réside dans la Révélation de Dieu. Dieu, dans l'Ancien Testament, peut apparaître différent de Dieu, révélé par Jésus. La première vision est plutôt celle d'un Dieu sévère, punissant les hommes mais qui renouvelle son alliance chaque fois qu'ils se sont détournés de lui. Il est aussi d'une autre manière un Dieu d'amour. Il est seulement moins proche de l'homme qu'il ne le devient grâce à l'incarnation. Un peu comme dans une famille, où pendant l'enfance et la jeunesse, le père est plus sévère que lorsque ses enfants ont atteint l'âge adulte.

FB : En fait, le Nouveau Testament est assez proche d'un document-témoignage, façon presse. Ton idée de *Journal des Évangiles* devait bien s'y prêter. Même si les Évangiles rapportent de belles histoires, très romanesques, comme celle de Marie, pour lesquelles les chrétiens se sont entre-tués.

JMDF : C'est un peu un cliché que de ramener les oppositions entre catholiques et protestants uniquement à la question de la Vierge. C'est l'un des aspects, mais il y en a bien d'autres, plus importants. Nous n'allons pas refaire ici les guerres de Religion et l'histoire de l'Église du XVIe siècle à nos jours. Retenons que tous les chrétiens sont unis dans le Christ.

FB : En tout cas, l'Immaculée Conception fait partie, comme la Résurrection, de ce qui me sépare de l'Église et de la religion. D'abord cela me paraît très inactuel, déconnecté de mes préoccupations, et même très éloigné des urgences planétaires du moment.

JMDF : On ne peut pas dire que ce soit aujourd'hui l'objet d'un grand débat et pourtant ce point de la foi que tu trouves sans intérêt est plein d'optimisme : il dit qu'on peut imaginer une humanité libérée de toute trace du mal. L'Immaculée Conception de Marie est une promesse pour chacun de nous.

FB : J'en conviens, ce n'est pas un grand débat. Les vraies urgences du moment sont plutôt des questions de survie, tel le port du préservatif en Afrique, par exemple. Mais la Vierge Marie m'« interpelle » parce qu'elle fait l'objet d'un culte immense, en France et dans de nombreux pays, alors que l'on parle d'une anecdote qui a eu lieu il y a deux mille ans, loin de nous, anecdote qui paraît aussi vraie que celle du père Noël.

JMDF : Je ne vais pas faire de démonstration, mais là encore, ce qui importe, c'est le sens. Plutôt que de me dire : est-ce possible ?, je m'interroge sur ce que Dieu veut nous dire à travers ce fait. Je crois ce que nous disent les Évangiles. Dieu nous fait comprendre que Son Fils, qui s'incarne, vient au monde autrement que les autres enfants des hommes, parce qu'Il est le Fils de Dieu. Évidemment, cela dépasse notre compréhension, parce que ça ne correspond pas à ce que nous sommes habitués à vivre. Je fais donc confiance à l'Église, même si je reconnais que ce n'est pas facile à admettre, surtout dans la société telle qu'elle est aujourd'hui.

FB : Donc, le Fils de Dieu ne naît pas comme un homme. Il arrive par un véhicule différent, par un mode merveilleux, parce qu'il faut de l'exceptionnel pour impressionner les foules ! Tel E.T. dans son vaisseau spatial. Cela dit, on pourrait très bien avoir une analyse plus sévère et comprendre, dans cette symbolique, d'autres choses moins rassurantes. Qu'il faut être vierge jusqu'au mariage, tradition que l'on a héritée peut-être de ce message, ou encore que la femme qui fait l'amour est pécheresse, ou que Jésus est un bâtard !

JMDF : J'aurai vraiment tout entendu !

Dans l'Évangile de Jean, on voit bien comment Jésus se comporte avec la femme adultère : c'est un des passages les plus connus par les croyants et même les incroyants : « Que celui d'entre vous qui est sans péché lui jette la première pierre[1]. » Puis l'Évangile dit : « Mais eux s'en allèrent, un à un, à commencer par les plus vieux. » Et quand ils furent tous partis, Jésus ajouta : « Personne ne t'a condamnée. Moi non plus, je ne te condamne pas. Va, et désormais ne pèche plus. »

FB : C'est moins violent que la lapidation prônée par les islamistes ! Moi, je comprends les choses différemment, ce sont les risques de l'interprétation. Le Nouveau Testament aurait pu être plus clair. On est dans l'idée que faire l'amour est un péché et, si la mère de Dieu est vierge, c'est donc que les mères des hommes sont toutes dans le péché.

JMDF : Comme on dit chez moi, dans le Sud, tu « galéjes ».

FB : Dans ta lecture, je trouve que tu as tendance non pas à voir la Bible comme un pan de la réalité, mais plutôt à voir la réalité à travers la seule Bible.

---

1. Jean, VIII, 7.

Je ne considère pas qu'il n'y ait que la Bible pour m'apprendre à vivre et que tout ce qui y est écrit doive dicter mon comportement. Je ne nie pas que ce livre est, peut-être, beaucoup plus important que tous les autres romans que j'ai lus, parce que Jésus est une figure centrale dans l'existence de chacun d'entre nous, qu'on rencontre à tous les coins de la peinture, de la littérature, à tous les carrefours sur les calvaires, même quand on n'a pas grandi dans la religion chrétienne. Donc il influence beaucoup mon travail d'écriture. Par exemple dans *99 francs*, dès la première page, je fais dire à Octave, le héros : « J'ai décidé de prendre ma retraite à trente-trois ans, c'est paraît-il l'âge idéal pour ressusciter. »

Est-ce pour autant mon seul modèle ? Non. Est-ce que j'obéis à ce qu'il dit ? Non. Prenons l'exemple de la Passion, qui nous imprègne parce que c'est tout de même une drôle d'aventure : un type qui est le Fils de Dieu, mais qui n'a pas le pouvoir d'empêcher sa crucifixion ? Là je cherche le message. Est-ce que ça rejoint le péché originel ? Le Christ s'est-il laissé volontairement mourir ? S'est-il, d'une certaine manière, suicidé ? Est-ce qu'on a voulu me dire qu'on est obligé de passer par la douleur pour comprendre ce qu'on fait ici ? Tout comme toi, j'ai traversé des périodes de dépression, et dans ces moments-là, je me suis dit que j'allais me suicider, que je ne voyais pas d'issue, que ce que je vivais était trop insupportable, qu'il me fallait en finir.

Alors, dans ces instants, peut-être est-il utile de penser au Christ en se disant : voilà l'un des plus importants modèles de prophètes, de Fils de Dieu ou de Messie, mais moi je le considère plus comme un être humain. Eh bien Lui aussi a souffert. Donc il y a un espoir. Je dis certainement des banalités énormes, mais c'est comme ça que je la vois, cette histoire de Passion. Souffrir serait donc utile, la douleur serait un passage, etc., et autres lieux communs. À l'autre bout du tunnel, il y a la lumière !

JMDF : Cette vision des choses me va tout à fait. Sauf que ton interprétation du Christ le cantonne au rôle d'un être humain. Dans ce cas, en effet, il ne serait qu'un sage. Pour l'Église, pour moi, il est bien davantage. Il est ressuscité ! Il est tout. Il est Dieu qui a souffert, a été abandonné puis crucifié. Il est vivant. Sa résurrection donne un sens et éclaire toute sa vie terrestre.

FB : Dans les grandes œuvres littéraires, il faut toujours franchir toute une série d'épreuves pour atteindre l'inaccessible. Chez Homère par exemple, et dans toutes les grandes épopées, pour des héros terrestres, comme dans *Le Seigneur des anneaux.* Quand Tolkien a écrit ce roman, en 1954-1955, il s'est inspiré des récits et des contes du nord de l'Europe. C'était un linguiste qui parlait, je crois, une dizaine de langues et connaissait des contes finnois et autres légendes du Grand Nord. Il a imaginé ce récit d'une quête de l'anneau qui touche, là aussi, des centaines de millions de personnes dans le monde. Et dans tous ses récits, il faut gravir une montagne, redescendre, mener une bataille, une guerre pour atteindre l'anneau. Or l'anneau donne la vie éternelle !

Il faut souffrir mille épreuves pour accéder au but suprême.

JMDF : Ce désir d'éternité est inscrit dans la nature même de l'homme !

FB : Comme le désir de Dieu. Ça ne veut pas dire pour autant que l'éternité existe.

Quant à la Rédemption, là aussi, c'est tellement présent dans notre culture qu'on ne peut qu'en être imprégné. Je reprends l'exemple de *Matrix* avec le personnage de Néo, joué dans le film par Keanu Reeves. Le héros va se sacrifier pour sauver l'humanité. Il meurt et ressuscite pour nous montrer que nous vivons dans une fausse réalité. Le monde visible est un mensonge, créé par des machines qui ont pris le pouvoir et qui se nourrissent des humains. Eh bien, l'idée que pour connaître la vérité il faut mourir, qu'il faut se sacrifier pour sauver le monde est une idée tout à fait d'actualité, qui parcourt la planète. Pour mémoire, *Matrix* est l'un des films qui a totalisé le plus d'entrées dans le monde.

Cela ne signifie pas que j'ai envie d'en faire autant. Je n'ai aucun sens du sacrifice. Pleutre et égotiste suis-je.

JMDF : Je me demande si tu ne serais pas capable d'en « faire autant » ! Donner sa vie pour que les autres vivent. Après ce que tu m'as dit sur ta fille, et tel que je te connais, tu serais certainement prêt à donner ta vie pour elle, non ?

FB : Oui, oui, sans hésiter, oui. Pour ma femme, aussi.

JMDF : Tu n'es pas Jésus-Christ mais tu comprends ce que signifie le don de sa vie. « Il n'y a pas de plus grande preuve d'amour que celle de donner sa vie pour ceux que l'on aime[1]. » Tous les parents seraient prêts à donner leur vie pour leur enfant !

FB : Donc aujourd'hui, voilà une autre révélation. Le Christ et moi, même combat ! Est-ce que pour autant je suis Dieu ? C'est là où se séparent nos points de vue. Nous avons lu le même bouquin, nous l'aimons, il est étonnant, plein de rebondissements, de péripéties, mais pour moi il y en a autant dans l'*Iliade* et l'*Odyssée*, ou dans *Don Quichotte*, là encore un récit d'une très grande valeur universelle, bourré d'images fortes, d'aventures picaresques. Et Don Quichotte n'est pas Dieu. Pourtant je m'identifie également à lui, autant qu'à Jésus. Je pense que Don Quichotte est aussi un modèle important. Le voilà persuadé qu'il combat des armées de géants, alors que ce sont des moulins à vent... Je pense souvent à Don Quichotte, je suis ce même personnage grotesque, orgueilleux, ridicule, avec à côté de moi tous les Sancho Pança qui m'expliquent que ce ne sont pas des géants, mais des moulins à vent. Je ne veux pas les voir et continue mon combat absurde.

Encore une parabole ! Il y a comme ça dans les grandes œuvres littéraires des schémas qui s'imposent à nous, mais ce n'est pas pour autant que je vais me prosterner chaque fois que je passe devant un moulin à vent.

---

1. Jean, XV, 13.

CHAPITRE XIII

De l'Église

FB : Je voudrais rendre ici hommage à mon excellent confrère en communication et en pub : Jésus. Comme concepteur-rédacteur, il a été un maître, avec un talent exceptionnel pour lancer des slogans qui ont tenu deux millénaires, et qui ont encore un bel avenir. « Aimez-vous les uns les autres », c'est une très bonne trouvaille. Voilà un créatif remarquable qui a su s'entourer d'une douzaine d'hommes, d'une poignée de femmes, tous pleins d'idées novatrices. Et deux mille ans plus tard, il y a un milliard cinq cents millions de chrétiens sur la planète. La plus extraordinaire des réussites, jamais égalée. Des slogans forts, qui ont résisté au temps : « Père, pourquoi m'as-tu abandonné ? », « Les derniers seront les premiers »... Avec en plus, comme disait saint Jacques Séguéla, « la croix, un logo simple et puissant ».

JMDF : Jésus-Christ n'a pas choisi la facilité. Son enseignement allait à contre-courant de ce que vivaient les gens de l'époque. Et les slogans, comme tu dis, n'étaient pas tous optimistes : tu n'as qu'à lire

Le Sermon sur la montagne et Les Béatitudes. De même quand le Christ dit : « Celui qui mange mon corps et boit mon sang aura la vie éternelle », cela a surpris, choqué. Certains, entendant ses paroles, fuyaient, le prenant pour un personnage pas très équilibré.

FB : Oui, mais son père l'a pistonné !

JMDF : Au risque de choquer mais pour parler ton langage, je crois tout simplement qu'Il avait un bon « produit ». Puis Il a laissé à quatre « agences » le soin de communiquer plus largement son message et de faire savoir quelle a été sa vie.

FB : Pour parvenir à faire travailler quatre agences de pub gratuitement, il fallait vraiment qu'il soit un saint homme. Réussir un tel tour de force est un vrai miracle !

JMDF : C'est, entre autres, pour ces raisons que les quatre évangélistes sont des saints. Redevenons sérieux, il ne s'agissait pas de « pub » mais de témoignage. Au-delà d'eux, il fallait pérenniser ce témoignage. La communauté primitive s'est alors organisée pour tracer le chemin et conduire le peuple de Dieu.

FB : Je rejoins Maurice Clavel quand il dit : « Hier, je ne voyais pas qui put obturer Dieu. Je ne savais pas que ce serait l'Église elle-même. » Je trouve en effet que l'Église est devenue, pour les croyants, davantage un obstacle qu'un chemin. Et je comprends tous ces chrétiens qui disent : Dieu oui, l'Église non. En très peu d'années, depuis les sixties, la société s'est autochamboulée : révolution féministe, libération sexuelle, cellule familiale éclatée... bref, une convulsion phénoménale, un chambardement gigantesque avec, en face, une Église qui ne semble pas vouloir évoluer et qui forcément se retrouve largement distancée.

JMDF : Parce que tu appelles évolution tous ces bouleversements ! L'Église n'est pas là pour entériner les pratiques, pas toujours morales, de cette prétendue « évolution ». Le Christ a fondé l'Église pour poursuivre ce que Dieu avait commencé. Les hommes essayent de leur mieux de suivre ce chemin, fait d'imperfections certes, mais c'est notre nature. Seul Dieu est parfait et Il pousse l'humilité jusqu'à accepter que Sa perfection se fasse aussi reconnaître au travers de notre imperfection. L'Église – d'hier comme d'aujourd'hui – est à la fois faible dans son humanité, à travers ce que nous sommes, mais forte aussi par l'Esprit qui l'anime. Si elle n'a pas toujours été à la hauteur de la mission que le Christ lui a confiée, c'est précisément parce qu'elle passe par les hommes. Mais l'Église du Christ subsiste dans l'Église actuelle. Et son institution garantit à la communauté chrétienne la fidélité à la parole de Dieu. Même si, à tes yeux, elle n'évolue pas assez vite, l'Église bouge plus que tu ne le crois. Lentement, certes, elle réagit à l'évolution de la société, et intervient après que le mouvement a été donné par les hommes. Tout comme les lois laïques.

FB : C'est normal que tu défendes ton bout de gras, mais pour paraphraser certains de mes anciens profs, l'Église... peut mieux faire ! À quand Vatican III ?

JMDF : Quand on aura bien exploité Vatican II. Je me souviens d'une réunion d'évêques du monde entier à l'occasion du vingt-cinquième anniversaire de l'ouverture du concile Vatican II. Dans notre langage, nous appelons ces rencontres avec le pape « synode ». Certains évêques de pays du tiers-monde nous ont dit : « Le christianisme n'est présent dans notre pays que depuis quatre-vingts ans, cent ans, nous venons à peine de terminer la traduction des textes du concile dans notre langue... » Cela pour expliquer que la vie de l'Église ne se déroule pas à la même vitesse selon les continents et les pays. Ceci peut expliquer que nombre de jeunes, en France, avides de changements immédiats, croient en Dieu, mais renoncent à pratiquer parce qu'ils voudraient aller plus vite que l'Église.

N'ayons pas de l'Église une vision franco-française. Il faut tenir compte de ce que toute décision du pape concerne l'ensemble de l'Église, dans toutes ses composantes dans le monde. Un Asiatique ou un Africain vit des traditions bien différentes de celles d'un Européen. Et sur le même continent, parfois, comme en Amérique, les peuples du Nord et ceux du Sud sont séparés par un véritable fossé culturel. Les positions de l'Église s'adressent à tous, et ce qui peut paraître rétrograde ici ne le sera pas ailleurs. L'Église évolue, mais en considérant la chrétienté dans toute sa diversité.

FB : C'est vrai qu'on ne change pas du jour au lendemain la position de l'Église quand il faut tenir compte des chrétiens du monde entier. Ça demande réflexions, analyses, conclaves, conciles. Je t'interrogerai plus tard sur ce rapport entre l'évolution de la société et la stagnation de l'Église. Mais il y a des choses simples à modifier, et qui constitueraient déjà un signe. Tu sais combien je tiens l'esthétique pour une des réussites de l'Église. La messe touche à cet esthétisme. Tu ne crois pas qu'elle pourrait être améliorée, pour attirer un peu plus de pratiquants ? Ne me dis pas que vous négligez tout argument marketing pour remplir les cathédrales.

JMDF : Je n'aime pas « marketing ». Ce n'est pas de cela dont il s'agit, mais de permettre une rencontre avec le Christ. Cela dit, la beauté de la liturgie, c'est important, en effet. Lors d'un mariage ou de funérailles, on entend souvent les personnes dire : « C'était une belle messe. » Il nous faut veiller à la qualité de la liturgie. Les chrétiens sont de plus en plus habitués à voir des grands shows sur scène ou à la télévision, qui les rendent plus exigeants en ce qui concerne le beau. On ne peut pas chercher à rivaliser avec les superstars qui descendent du ciel à l'aide d'une grue, au milieu des halos de projecteurs. Néanmoins, nous devons veiller à être plus à l'écoute des attentes de nos communautés.

Je rappellerais tout de même que, sans oublier pour autant le beau, nous avons à témoigner avant tout du vrai et du bien.

FB : Moi j'aime les messes américaines, avec *negro spirituals*, rythme et claquements de mains, balancements, costumes... Ça a l'air de marcher, leurs églises sont bien remplies.

JMDF : Cela fait partie de leur culture, et je ne suis pas certain que, en France et en Europe, la majorité des fidèles adhéreraient à ce style.

FB : Je ne propose pas mes services pour une réforme du show du dimanche, ni pour la communication du message de l'Église. On a vu le résultat que j'ai obtenu avec le Parti communiste et Robert Hue.

À ce propos, quelle est, en France, la relation entre l'Église et le PC ?

JMDF : C'est le seul parti qui ait, au niveau de son comité central, une personne chargée des relations avec les religions.

FB : Peut-être en ont-ils plus besoin que les autres !

JMDF : Il y a des points communs dans notre regard sur la société, mais nous ne les enracinons pas dans le même terreau et nos moyens d'action sont tout autres. À l'origine, les premiers chrétiens avaient conscience de créer une vraie communauté, puisqu'ils partageaient leurs biens, vivaient comme des frères et sœurs, avaient le sens de l'égalité. Quand on nous tient le langage de la fraternité et du partage, l'Église ne peut qu'être d'accord, mais nous fondons cette exigence dans notre foi, dans le Christ et dans l'Évangile. Et quand l'Église condamne le marxisme, c'est quand cette idéologie proclame la négation de Dieu.

FB : Notamment quand ils ont brûlé des lieux de culte...

Il est souvent question du parc immobilier de l'Église... Comment trouve-t-elle l'argent ? Il n'y a pas que la quête du dimanche, tout de même ?

JMDF : Pour les finances d'un diocèse, l'essentiel provient de ce que donnent les fidèles. D'où l'exigence que cela représente, pour nous, de faire un bon usage de cet argent, puisque nous en sommes redevables. Il y a la quête du dimanche et le denier de l'Église. Les fonds collectés servent à faire vivre les paroisses, qui contribuent, aussi, au financement des activités de l'ensemble du diocèse.

FB : Et ces fonds suffisent ?

JMDF : C'est très variable. Si l'on étudie la situation de Paris, par exemple, on trouve tous les cas de figure. Tu te doutes bien que les paroisses du VIe arrondissement, du VIIe, du XVIe ont des moyens financiers plus importants que certaines paroisses du Xe ou du XXe. Il y a donc entraide, par péréquation, pour qu'il n'y ait pas d'endroits favorisés et d'autres en grand besoin. C'est comme pour les diocèses, certains sont plus riches que d'autres.

FB : Toute la masse remonte à une source commune qui redistribue ? C'est très socialiste, ça !

JMDF : Non, il n'y a pas de budget national de l'Église de France. Mais une contribution de chaque diocèse à ce qu'on appelle la conférence des évêques, c'est-à-dire un peu la maison de l'Église catholique, le siège si tu préfères ! Le président et le vice-président ont la responsabilité de la vie de la conférence des évêques, soit cent vingt évêques à peu près, en activité. Mais il n'y a pas de budget dressé, avec une obligation de résultats, comme dans les grandes entreprises.

Chaque diocèse a son propre budget, et si à l'intérieur de la province – une province c'est un ensemble de diocèses – tel diocèse est dans une situation difficile, les autres peuvent venir à son secours.

FB : Comme ça, de manière informelle, à votre bon cœur ?

JMDF : Ce n'est pas informel puisque la décision n'est pas secrète et unilatérale. Elle se discute généralement au niveau du diocèse ou de la province.

FB : Si au sommet de ces régions, il reste du bénef, est-ce que ça remonte au niveau national, voire multinational, comme dans les sociétés ? Parce que l'Église tient d'une véritable multinationale.

JMDF : Cette notion de bénéfice ne veut rien dire dans l'Église. Chaque année la paroisse doit communiquer son budget au diocèse, en faisant apparaître les recettes, les dépenses, avec justification des frais. Certains types de gros travaux, par exemple, ne peuvent être entrepris qu'avec l'accord du diocèse. Avant le concile, les choses étaient différentes. Le curé était le patron de son église ; s'il voulait aider une paroisse plus pauvre, il le faisait, s'il ne le souhaitait pas, personne ne le lui imposait. Tandis que depuis le concile il y a eu des progrès dans le sens de l'entraide et du partage. Par exemple, tous les prêtres d'un diocèse perçoivent le même traitement. Le curé d'une paroisse riche n'a pas un traitement plus élevé que le curé d'une paroisse pauvre.

FB : Et il n'y a rien qui revient au sommet de la pyramide de France ?

JMDF : Non, en dehors de ce que j'ai dit précédemment à propos de la participation des diocèses au fonctionnement de la conférence des évêques. Il y a le denier de Saint-Pierre, c'est-à-dire la contribution des Églises de chaque pays pour le Saint-Siège.

Chaque diocèse envoie directement, selon ses possibilités, sa contribution au Saint-Siège. Ce n'est pas à considérer comme un impôt où un montant serait fixé par une autorité supérieure. L'évêque juge de la situation économique de son diocèse et établit, chaque année, le montant destiné au Saint-Siège. Et c'est public.

FB : Mais il n'y a pas d'autres ressources au-delà de la quête et du denier de l'Église ?

JMDF : Si, bien sûr. Nous recevons des legs, appartements ou immeubles, pour lesquels des décisions de gestion doivent être prises. Travaux, location, etc. Souvent nous procédons à des réhabilitations avant de louer. Et nous veillons à ce que ces logements soient accessibles à des personnes de faibles ressources. Voilà un exemple de l'entraide, où les plus riches contribuent à aider les plus pauvres. Il nous arrive parfois de bénéficier de legs dont on ne peut rien faire : un château, par exemple. Comme notre vocation n'est pas de dépenser des millions pour la restauration de châteaux, dans ce cas les biens sont revendus, lorsque c'est possible. Car certains legs nous sont faits avec contrainte conditionnelle : « Je vous lègue mon appartement, ma maison, ma propriété pour que vous en fassiez tel usage que je n'ai pas pu réaliser de mon vivant. » Mais ces cas sont rares et les legs le deviennent de plus en plus aussi. Contrairement à ce que beaucoup de gens croient encore, l'Église en France ne reçoit aucune ressource financière de l'État.

FB : Toutes ces questions techniques et financières que j'ai voulu aborder désacralisent un peu l'Église et prouvent que, malgré une dimension humaine, elle est prisonnière du système, de l'économie de marché.

JMDF : Nous en sommes tous prisonniers, au niveau institutionnel comme au niveau personnel. Mais il est difficile d'imaginer un mode de fonctionnement différent. Déjà, dans son église, le curé de campagne doit baigner dans les problèmes locaux pour comprendre ses paroissiens et pouvoir leur venir en aide. Dans la cité, c'est pareil. Le prêtre ne peut pas se permettre d'être en décalage avec la société. Involontairement, il en devient prisonnier. La télé, la voiture, il doit vivre avec son temps, et regarder la « Star Academy », pour savoir à quoi rêvent les jeunes. Ainsi toute la pyramide est-elle entraînée dans le système. « Puisque j'adhérais à Dieu, j'adhérais à l'Église. Refuser d'entrer dans l'Église parce qu'elle n'est pas parfaite équivaut pour moi à refuser la vie. » Cette phrase de Françoise Mallet-Jorris pourrait être la mienne.

FB : Devant cette société si dépendante de l'argent, du plaisir, du confort, tu n'as jamais été tenté par la vie monastique ?

JMDF : J'éprouve une immense admiration devant les religieux et religieuses qui vivent en communauté. À chaque fois que je suis allé faire une retraite dans un couvent ou un monastère, j'ai rencontré des hommes et des femmes qui avaient une épaisseur humaine extraordinaire. Leur regard est porteur d'une grande dévotion, de simplicité, d'humilité, d'amour.

Ces êtres vouent leur vie à la prière et au travail. J'en ai rencontré beaucoup. Tous m'ont laissé un souvenir impressionnant. Ils vivent dans ce monde sans être prisonniers de ces biens matériels auxquels nous sommes enchaînés.

J'ai eu l'occasion d'accompagner le dalaï-lama à Lourdes, avec le président de la conférence des évêques. Je me suis retrouvé au milieu de moines, anciens catholiques devenus bouddhistes. Et quand je leur ai demandé les raisons de leur conversion, tous m'ont répondu : le dépouillement et le silence. Mais ce silence, la contemplation, le recueillement, tout cela peut se trouver aussi dans l'Église, à condition de vouloir l'y chercher.

FB : Oui, sauf que le bouddhisme est dégagé de toute cette phraséologie catho, tous ces symboles, ces éléments complexes à conceptualiser, la Vierge Marie, la sainte Trinité, dont nous avons déjà parlé.

JMDF : Parce que tu trouves que leur concept de « ni début, ni fin » n'est pas aussi compliqué ?

FB : Disons que c'est plus moderne, parce que plus essentiellement philosophique, plus appuyé à une éthique par laquelle l'homme doit anéantir tout désir, source de douleurs, pour atteindre le nirvana, dans l'extinction des illusions de l'existence. Inutile de te préciser que je ne suis pas très fana, parce que renoncer au désir ne m'excite que très moyennement. J'aimerais bien, mais je ne vois pas comment !

Tu rejoins les bouddhistes sur l'idée que le confort nous rend prisonniers. J'ai déjà dit que je me vautre avec délice dans cet emprisonnement.

L'itinéraire symbolique qui consiste à vivre dans la débauche, toute relative certes, dans sa jeunesse, et qui amènerait à finir moine, m'ouvre peut-être des perspectives. Un peu à la Huysmans, qui commence romancier, puis se tourne vers une certaine recherche esthétisante de l'idéal, pour enfin terminer sa vie religieusement.

JMDF : De nos jours aussi, des hommes et des femmes font des retours sur eux-mêmes qui les amènent à rompre avec le matérialisme pour se retirer dans des monastères, sans pour cela rejeter et fuir le monde dans lequel ils ont vécu. Ces décisions se prennent à tout âge.

Il y a quelques années, un journaliste de *Voici* – magazine que tu connais bien puisque tu y es critique littéraire – a abandonné son métier pour la vie monastique. Son parcours, dans le reportage à sensation, lui a fait toucher certaines de ses limites intérieures. Ce type de rupture radicale avec le monde de la consommation n'est pas rare. Il correspond à un besoin de vérité, à une recherche d'essentiel.

FB : On trouve cette fascination chez Sollers et Matzneff. Même s'ils touchent tous les deux à l'aspect libertin, ils expriment aussi cette attirance pour la vie monastique. Mais chez les moines, est-ce que cette quête d'absolu ne confine pas à la névrose ? Ça semble parfois si obsessionnel. En d'autres termes, peut-on être moine, prêtre ou évêque quand on va bien ?

JMDF : Heureusement oui, et c'est la plupart du temps le cas !

FB : Je me suis souvent interrogé sur cet excès de religion : trop de foi aveugle.

JMDF : Je ne vois pas en quoi les hommes et les femmes qui prennent l'engagement de consacrer leur vie au Christ ont « trop de foi, trop de religion ». Ce sont des êtres qui ont été capables de se dépouiller de tous les artifices pour aller vers la vérité.

FB : Ça pourrait correspondre à une fuite des réalités, à un refus des responsabilités, à un refuge. Ne devient-on pas prêtre parce qu'on éprouve des difficultés à s'adapter au monde ?

JMDF : Non, ce n'est pas consécutif à une « névrose » comme tu l'as dit. Il s'agit d'une vocation. La décision est prise, au contraire, en pleine lucidité, puisque c'est un engagement pour la vie. L'engagement de servir Dieu et les hommes. Et en cela, c'est une énorme responsabilité pour le séminariste et pour l'évêque qui l'ordonne. La préparation à la prêtrise dure au moins cinq années, pendant lesquelles le futur prêtre a le temps de s'interroger sur sa foi et sur son choix. Tout comme sa hiérarchie.

Les évêques sont les successeurs des apôtres, et leurs coopérateurs, les prêtres, les diacres participent comme eux au sacerdoce du Christ : proclamer la bonne nouvelle, administrer les sacrements, prier, aider les chrétiens laïcs à prendre leurs responsabilités au sein de l'Église dans le monde ; voilà une mission qui appelle la plus grande lucidité.

FB : Pour moi, toute personne intelligente doit se poser les questions que nous avons abordées depuis le début de ce livre. Et si elle le fait, elle est forcément névrosée ou en tout cas inquiète. Donc toute personne intelligente est folle.

JMDF : Tu me rassures. Il suffisait de s'entendre sur le sens que tu donnes au mot « névrose » : saint Paul, lui aussi, parle de folie !

FB : J'ai les serviteurs de Dieu en grande estime parce que leur renoncement à l'hédonisme, donc au confort et au luxe, peut servir d'exemple. J'en arrive à me dire que la restriction de nos besoins est une question de survie pour l'humanité.

JMDF : C'est aussi le sens du message de l'Église.

FB : Je ne pense pas que je me serais lancé dans ce long dialogue, que nous avons mené ensemble depuis des années, si je n'avais pas critiqué, de façon récurrente, la société de surconsommation. L'hyper-matérialisme et le capitalisme ultra-libéral nous mènent tout droit à la catastrophe écologique et sociale. Je ne suis pas satisfait de ce monde, on l'aura compris. Et j'ai le sentiment de ne pas être très original, finalement, malgré mes contradictions. Je suis comme tout le monde et je pense que beaucoup de gens qui vivent dans cette société, et en profitent, sont également insatisfaits, effrayés par elle, donc préoccupés, même spirituellement.

Le *carpe diem* ne date pas d'hier, c'est la devise de la société dans laquelle nous vivons : « Profite du moment présent. » C'est la grande utopie d'aujourd'hui, l'utopie capitaliste. Parce qu'on parle toujours d'utopie communiste, révolutionnaire, de foi, de croyance ou d'utopie chrétienne, en oubliant de mentionner que nous vivons dans un monde qui est utopique, où l'on finit par croire que le bonheur c'est « avoir », posséder des choses, des objets, des produits... que ce bonheur, c'est l'argent. Si chacun en est persuadé, alors on se dirige tout droit vers une apocalypse matérielle, c'est-à-dire la destruction de notre civilisation, l'éclatement de notre planète.

Et ça, l'Église ne le dit jamais. Elle se contente d'œuvres de compassion.

JMDF : Tu te trompes ! L'Église le dit et le répète, seulement ce n'est pas ce que relaient les médias.

Reprends les encycliques. Relis *Mater et Magistra* de Jean XXIII, où il traite de la dignité des travailleurs, de la grève, de l'entreprise, des salaires, du syndicalisme, du travail... La plupart des chrétiens ignorent ces textes. Relis certaines encycliques de Jean-Paul II, tu y trouveras ce que tu dis.

Bien sûr, si le pape aborde la question de la sexualité, on nous en rebattra les oreilles. Mais tout ce qui concerne les problèmes économiques des populations du tiers-monde et du quart-monde, crois-tu que le pape n'en parle jamais ? L'ignorance à l'égard de la doctrine sociale de l'Église est impressionnante !

FB : En fait, cette égalité, qui est à la fois l'un des fondements mêmes du christianisme et un texte essentiel de la Déclaration des droits de l'homme, est une autre utopie pour laquelle de nombreux jeunes militent dans les mouvements altermondialistes. Sans le savoir, ils tiennent un discours vachement catho. C'est vrai ! Quand on dit « réduire les déséquilibres Nord-Sud » par exemple, ce n'est pas le contraire de ce qu'on appelle la charité.

Ce qui serait extraordinaire, c'est que l'Église soutienne le combat pour la taxe sur les transactions financières, sur les émissions de carbone ou sur les armements, ce qui permettrait de réduire la pauvreté.

JMDF : Là encore l'Église a pris des positions et fait des recommandations à propos de la dette des pays du tiers-monde, pour qu'elle soit annulée. Mgr Etchegaray, entre autres, a beaucoup œuvré dans ce sens. Hélas, les gouvernements n'ont pas entendu les souhaits de l'Église. Eh bien, cette action a été peu reprise par les médias, ce qui explique qu'un brillant sujet comme toi ne soit pas au courant.

FB : En fait, l'Église est de gauche !

JMDF : Là encore, tu schématises, tu veux consommer de l'info sensationnelle. Il faudrait savoir ce que tu entends par « gauche » ?

FB : Le partage des richesses.

JMDF : Si être de gauche, c'est militer pour plus d'égalité, pour qu'il y ait moins d'hommes, de femmes et d'enfants qui meurent de faim, alors qu'il y en a qui ne savent plus quoi faire de tout ce qu'ils ont à manger... si c'est cela être de gauche, alors oui, l'Église est de gauche. Mais être de droite ne signifie pas l'inverse, que l'on est contre davantage de justice et d'égalité sociale. Tu colles des étiquettes réductrices, or nous parlons d'une tâche dont l'ampleur est incommensurable.

FB : Je me souviens des messes de mon enfance, où tous les hommes étaient endimanchés d'un loden vert, les femmes portaient des serre-tête en velours et des jupes écossaises... Je ne vais pas critiquer la bourgeoisie, j'en suis issu. Mais dans mon souvenir, le bon catho est de style scout attardé, versaillais, bourgeois, bon chic bon genre, et pas de gauche, mais alors pas du tout ! Et si, statistiquement, les religieux votent à gauche, je pense que les fidèles, eux, seraient plutôt de droite.

JMDF : Non. Ces visions schématiques, taillées à l'emporte-pièce, ces clivages ne s'adaptent pas à l'Église. Tu appliques une grille de lecture de journaliste politique, dans un domaine qui ne répond pas aux critères catégoriels des urnes. Ton CESP (Catégories économiques socio-professionnelles), comme on dit dans le langage de la pub, prouve que tu ne t'es pas encore détaché de cet univers où l'on découpe la société en rondelles consommatrices. Pense simplement qu'il existe une presse confessionnelle de droite, importante, et une presse confessionnelle de gauche, tout aussi importante. Et certains hommes politiques ont pâti de leurs pronostics erronés sur leur popularité chrétienne.

FB : D'autres souvenirs d'enfance me reviennent encore : des messes qui se tenaient dans des quartiers favorisés, où je ressentais un grand décalage entre le discours du prêtre et la façon de vivre des gens présents dans l'église. Sur le partage, par exemple : « Ceci est mon corps livré pour vous et pour la multitude », quand les préoccupations de nombreuses personnes présentes ne consistaient qu'en une réussite sociale fondée sur l'argent et le pouvoir. Ils n'appliquaient pas forcément les principes chrétiens à leur vie quotidienne. Il y avait un double discours, et je vivais mal cette impression d'hypocrisie, de gens qui se mentaient à eux-mêmes, généreux en termes religieux, mais pas dans leur vie économique.

JMDF : Le prêtre comme les fidèles est sans cesse confronté à ce dilemme. Qui vit en parfaite cohérence avec l'Évangile ? Personne, et ce n'est pas nécessairement de l'hypocrisie. Mais argent, pouvoir et vision chrétienne de la vie ne sont pas des notions incompatibles. Il existe des associations de chefs d'entreprise dont le souci est de diriger, pour réaliser du profit, bien sûr, mais sans céder à un libéralisme dénué de sens humain. Ils ont des principes chrétiens. Oui. Cela existe. Et sans vouloir établir ici une longue liste de responsables qui prennent part à cette réflexion, je citerai le Patronat chrétien, assemblée d'hommes et de femmes qui se retrouvent régulièrement pour confronter leurs pratiques économiques et les mettre en cohérence avec leur foi. Cela rejoint la doctrine sociale de l'Église, qui ne date pas d'hier.

Certains politiques, également, nous consultent avec le même souci. Dans plusieurs diocèses, des prêtres sont chargés de ce dialogue avec des parlementaires, ou autres responsables politiques, qui souhaitent réfléchir à la prise en compte de l'humain selon les critères chrétiens.

FB : Oui, je sais que ça existe : mon frère, qui est chef d'entreprise, participe à des réunions de ce type.

L'Église, qui avait renoncé à son pouvoir temporel, s'immisce donc à nouveau dans les entreprises et la vie politique !

JMDF : Tu es encore en contradiction. Tu dis d'une part : « L'Église ne dit rien » et d'autre part : « Elle est hypocrite, elle intervient, elle s'immisce dans ce qui ne la regarde pas » ! Ce n'est pas en termes de pouvoir que l'Église apporte son aide dans certaines situations socio-économiques difficiles. Elle devient un lieu de réflexion, où des responsables se retrouvent pour échanger leurs expériences, leurs efforts, pour tenter de trouver une passerelle cohérente entre leurs contraintes économiques et leur foi.

FB : Je trouve qu'il est bon de réinjecter un peu d'éthique dans la gestion déshumanisée des entreprises. Si l'Église peut y contribuer, elle me devient, forcément, plus sympathique. Mais la morale ne devrait pas avoir besoin d'appui religieux pour être mise en pratique.

CHAPITRE XIV

Église et société

FB : Je voudrais aborder des sujets sur lesquels la grande maison de Dieu, trop souvent rétrograde, me semble totalement dépassée. Face à l'évolution, quasi exponentielle, et débridée, de la société, quelles réponses apporte l'Église sur des questions comme la procréation in vitro, l'avortement, la régulation des naissances, le préservatif, les manipulations génétiques, la libération sexuelle, l'euthanasie, etc. ? Ne réponds pas en me citant les bulles de Jean-Paul II qui a une position planétaire, comme on l'a vu, mais en essayant de ramener le débat à une vision occidentale.

Donne-moi d'abord ton point de vue sur le rapport inséparable du sexe et de la reproduction. Faut-il faire l'amour utile, seulement pour procréer ?

JMDF : La relation sexuelle n'a pas comme unique sens la procréation, qui est une des finalités du mariage. Pour chacun des conjoints, c'est aussi une façon d'exprimer à l'autre son amour. La preuve, c'est que Dieu – d'autres diront la nature – a créé des périodes de non-fécondité.

FB : C'est le raisonnement de « la nature est bien faite », mais si cette bonne nature a toujours raison, on se retrouve chez Sade où elle dicte tous les excès que l'on connaît.

JMDF : Là encore, l'homme est placé face à son libre arbitre. Ce n'est pas parce qu'on peut le faire qu'il faut le faire. Tout ce que la science permet, doit-on le réaliser ? Aujourd'hui, avoir un enfant est devenu un droit, et quand le corps ne répond pas à la demande, on s'obstine. Mais cette opiniâtreté ne doit pas conduire à un acharnement qui accepterait toutes les méthodes. On le voit avec la dérive du clonage. Sans aller jusque-là, de nos jours, certains parents choisissent le sexe de leur enfant. S'ils pouvaient en décider, sur catalogue, comme on le fait d'un objet, d'une poupée, ils iraient jusqu'à le commander blond aux yeux bleus, ou brun aux yeux verts. Une programmation selon ses goûts. Tu comprendras que l'Église, sans être rétrograde, appelle à la prudence.

FB : C'est là où l'homme se prend pour Dieu. En même temps, si les progrès magnifiques de la science nous permettent des méthodes extrêmes, c'est grâce à Dieu, non ? D'où la question, Dieu est-Il pour le clonage humain ?

JMDF : Je ne peux parler à sa place, mais j'ai du mal à imaginer qu'Il soit pour une telle manipulation. Heureusement, l'homme n'est pas encore parvenu à réaliser ce clonage. Parlons clair : pour les chrétiens, il s'agit d'un crime contre l'espèce humaine.

L'Église ne dit pas non systématiquement aux évolutions de la science, au contraire, mais alerte les hommes sur les dangers potentiels de leurs inventions. Sur les manipulations génétiques et notamment sur la procréation in vitro, l'Église n'oppose pas un non définitif. Elle interroge la société sur les risques qu'il y a à jouer aux apprentis sorciers. Combien d'expérimentations sont faites sans en mesurer toutes les conséquences ?

FB : L'Église prône alors l'attentisme, la stagnation ?

JMDF : Non, la prudence ! Peut-être est-ce son devoir, parfois, que de ralentir l'homme dans sa course folle au progrès aveugle. Ceci par respect pour la nature humaine. Tant de questions se posent. Dans la procréation in vitro, par exemple, parmi les cas de conscience du médecin, il y a la question des embryons surnuméraires. Qu'en fait-on ? Doit-on les considérer, déjà, comme des êtres humains ? Et qui a la réponse à cette question ? Dès lors qu'on ne sait pas, l'Église préfère considérer l'embryon comme un être humain, puisqu'il y a eu conception, et recommande de le respecter. D'où son refus de l'avortement.

FB : Combien d'enfants naissent sans que les parents les aient voulus ? Et souvent, dans ce cas, ce n'est un cadeau ni pour le nouveau-né ni pour les adultes. Je suis pour l'avortement, avec modération bien sûr. Comme toutes les bonnes choses, il ne faut pas en abuser !

JMDF : « Bonnes choses » ? Tu dis cela avec beaucoup de facilité parce que tu es un homme. Comment les jeunes femmes le vivent-elles ? Quelles traces une telle intervention laisse-t-elle à la mère ? Tu me disais que les prêtres parlent parfois de sujets qu'ils ne connaissent pas. À propos de l'avortement, il nous arrive d'entendre les confidences de femmes qui l'ont vécu et qui en souffrent encore, longtemps après. Celles qui nous confient leurs problèmes ne sont pas toutes des « piliers d'église » mais, ne sachant plus comment vivre cette douleur morale qu'elles portent encore, y compris dans leur chair, elles se tournent vers un prêtre pour libérer leur conscience.

Aucune femme n'accepte un avortement de gaieté de cœur, et souvent elle reste terriblement seule devant cette grande perturbation affective. Bien sûr, il y a les cas très graves, les situations de détresse, comme le viol, par exemple, où l'Église accueille avec compassion celles qui ont recours aux tristes extrémités de l'avortement sans pour autant les approuver.

FB : Dans la vie, il faut souvent choisir entre deux maux, et je crois qu'il y a beaucoup de femmes qui sont très heureuses d'avoir avorté, heureuses de pas s'être retrouvées avec un enfant qu'elles ne souhaitaient pas. Je suis contre la position de l'Église encourageant, implicitement, un militantisme anti-avortement qui devient parfois même violent. Aux États-Unis, en France aussi, comme dans plusieurs pays d'Europe, des femmes qui traversent ces moments difficiles sont montrées du doigt par ceux qui s'enchaînent aux grilles des cliniques et des hôpitaux, alors qu'elles seules sont en mesure de juger de ce qu'elles doivent faire.

JMDF : Je suis, comme toi, en désaccord avec les groupuscules qui utilisent la position de l'Église, quel que soit le sujet, pour agir par la violence. Mais ceci est secondaire au regard de l'arrêt de mort volontaire prononcé délibérément contre cette vie humaine naissante, qui ne verra jamais le jour, qui aurait pu être la tienne ou celle de Chloë. Et sur ce point, la réprobation de l'Église est claire : elle ne transige pas sur le respect de la vie humaine. On ne peut pas diviser la société de ceux qui vont naître en deux catégories : ceux qui ont le droit de vivre, et ceux qui doivent être supprimés. Néanmoins l'Église ne condamne pas ceux qui pratiquent l'avortement. Elle essaie d'apporter une aide aux femmes qui en expriment le besoin, par l'accueil, l'accompagnement psychologique, spirituel et matériel.

FB : Tiens, pour détendre l'atmosphère, à mon tour j'ai une anecdote, dont la conclusion va te convenir.

Un de mes copains avait trouvé un bon plan, lorsqu'il était étudiant, pour se faire de l'argent de poche. Toutes les semaines il allait faire prélever sa semence dans une banque du sperme. En échange il recevait un dédommagement. C'est ce qu'on appelle joindre l'utile à l'agréable ! Un jour il a voulu augmenter ses revenus et, deux fois par semaine, il livrait le fruit de son plaisir solitaire. Pendant deux ans, il a poursuivi son lucre sans se poser de question. Pourtant, pris soudain d'une curiosité, il a interrogé un des médecins de la banque, lui demandant ce que devenaient ses dons. Le médecin s'est refusé à lui répondre. Mon copain insistant, à chaque visite, de plus en plus, le docteur a fini par lui apprendre qu'il avait inséminé plus de deux cents femmes et engendré cent trente-quatre enfants !

JMDF : Quel choc ! Cent trente-quatre enfants qu'il ne connaîtra jamais ! Comment a-t-il réagi ?

FB : Il a été profondément bouleversé et a immédiatement renoncé à cette source de revenus. Par la suite, il a traversé de gros problèmes psychiques, séjourné en hôpital psychiatrique, etc.

Voilà, pour abonder dans ton sens, un exemple de dérive que permet la science.

Que répond l'Église ?

JMDF : On ne peut pas ignorer la douleur que peut éprouver une femme qui désire un enfant. Physiologiquement, elle est faite pour être mère et peut souffrir de ne pas pouvoir enfanter. Mais, là encore, l'Église est opposée à ce mode de procréation, tant que l'on ne connaîtra pas l'étendue des conséquences d'actes aussi déshumanisés que la fécondation artificielle.

FB : Dans *Les Particules élémentaires,* Houellebecq émet une théorie, de science-fiction peut-être, mais proche d'une possibilité scientifique. Il écrit que le clonage pourrait nous rendre immortels. Évidemment, ça se discute : l'idée étant de se faire cloner et de transplanter sa mémoire sur un disque dur quelconque, tous les événements de sa vie étant ensuite réimplantés dans le nouveau corps. Si cela fonctionnait, les humains deviendraient immortels. Voilà une des utopies ultimes de l'être humain, la suppression de la mort. Ce serait, là encore, très mauvais pour le fonds de commerce de l'Église.

JMDF : Et pour les retraites, n'en parlons pas ! Le sujet de Houellebecq est du délire, comme tu l'as dit, de la science-fiction. Mais n'as-tu pas de questions qui touchent moins au registre de l'absurde ?

FB : Je ne sais pas si c'est tellement moins absurde que d'être, à la fois, contre l'avortement et contre le préservatif.

JMDF : Tu sais très bien que tu caricatures l'opinion de l'Église à propos du préservatif. Elle n'a pas beaucoup changé depuis le sida. Nous y reviendrons. En termes de contraception, la position de l'Église est cohérente dès lors qu'elle est pour la vie et contre les techniques artificielles de régulation des naissances.

FB : Elle est contre la misère, aussi, qu'entraîne notamment la surpopulation ?

JMDF : Oui, mais l'Église dit qu'il y a d'autres moyens d'affronter ces problèmes que de limiter le nombre des naissances dans les pays pauvres sous prétexte que la démographie y est galopante. La régulation des naissances n'est pas la solution à la misère. Il revient aussi aux sociétés riches de se poser des questions.

Prenons le cas de l'Afrique. Le monde entier assiste, aujourd'hui, à la mort de ce continent. Il faut le dire haut et fort : l'Afrique est en train de crever. L'Église est confrontée à cette dure réalité car elle a une réelle action sur place. Il faut rendre hommage aux religieuses et aux religieux qui consacrent leur vie à aider des Africains affrontant les maladies et les guerres. Mais qui se soucie de ce continent condamné par le sida, la faim et la désertification ? Qui s'en inquiète, qui bouge ?

FB : Je vais te paraître désagréable, mais le pape, en prônant l'interdit du préservatif, crois-tu qu'il œuvre pour la protection contre le sida ?

JMDF : Fiche donc la paix au pape et ne lui fais pas dire ce qu'il n'a jamais dit ! Tu montres que toi aussi tu es victime du discours que certains médias prêtent à l'Église. Tu « gobes » ce que tu lis ici ou là sans te poser de questions ? Tu ne me feras pas croire cela. Le pape n'a jamais parlé du préservatif. Sur place, en Afrique notamment, les religieux et les religieuses conseillent aux femmes et aux hommes qui ont des relations sexuelles en dehors du mariage d'utiliser le préservatif.

Quant au message du pape, son rôle est de dire l'idéal de la vie chrétienne. Après, il convient d'adapter cet idéal aux situations concrètes. Pas seulement en Afrique. Chez nous, à moins d'être complètement borné, il n'y a pas un prêtre qui, recevant un jeune croyant dont la vie serait « désordonnée », ne lui recommanderait pas de se protéger. Face au sida, si on ne vit pas l'idéal dont l'Église montre le chemin, on ne peut adopter un comportement criminel ou suicidaire.

FB : Oui, la morale, édictée en principe, ne peut ignorer les pratiques. J'ai retenu la leçon !

Sans vouloir faire de digression, je pense aux ONG laïques. Sur un continent tel que l'Afrique, par exemple, elles ne vous font pas concurrence ?

JMDF : Personne ne s'approprie la pauvreté. Plus il y aura d'actions humanitaires, et d'où qu'elles viennent, mieux ce sera. Mais ce que la société ignore, c'est que les dons des chrétiens aux œuvres caritatives catholiques sont extrêmement importants. Laisse-moi te donner quelques chiffres pour les principales associations : en 2001, le Secours Catholique a reçu soixante-dix-neuf millions d'euros de dons, en 2002, le Comité catholique contre la faim et pour le développement, trente-cinq millions d'euros et les Œuvres pontificales missionnaires reçoivent de France plus de huit millions et demi d'euros chaque année, utilisés pour ces actions humanitaires.

Pourtant, aucun média n'en parle, considérant, peut-être, que cette générosité immense est normale, puisqu'elle provient de chrétiens.

FB : Dont acte. Je voudrais rendre hommage à l'Église pour son courage, car elle n'est jamais démagogique, c'est le moins qu'on puisse dire. Elle ne tient pas un discours qui cherche à plaire à la société et cette démarche me plaît. Je trouve qu'il ne faut pas demander à l'Église de s'adapter aveuglément et d'être systématiquement en accord avec les mœurs du moment, mais en même temps, et je me répète, je me dis qu'un concile Vatican III ne serait pas de trop pour réactualiser certaines choses, comme le célibat des prêtres, le préservatif, la régulation des naissances et l'avortement.

Quant à la notion de manipulation d'une naissance, elle est assez floue. Quand une femme veut avoir un enfant pour elle –, tu connais la chanson de Goldman *Elle a fait un bébé toute seule* –, elle commence par choisir le reproducteur. Elle jette son dévolu sur un homme qui correspond à son désir de progéniture blonde, brune, grande, etc. Puis elle décide du moment, suit pendant six mois un régime désodé pour avoir plus de chances d'avoir un garçon, cesse de prendre la pilule, convainc le monsieur de ne pas porter de préservatif, etc. Où commence cette manipulation de la naissance ? Où finit-elle ? Et qu'en pense l'Église ?

JMDF : L'attitude de l'Église peut paraître intransigeante, rigide, en disant que personne n'a le droit de décider de la vie ou de la mort d'un être. Cela, c'est la loi. Ensuite vient le moment où elle s'incarne en des personnes qui vivent des situations difficiles et se tournent vers le prêtre pour demander conseil. Il les aidera à vivre leur foi dans la situation qu'ils traversent.

FB : On sait qu'elle refuse le clonage, et j'en suis heureux, mais qu'en est-il de la transplantation ? Je ne parle pas de greffer une phalange ou une main, mais un cœur, par exemple. J'ai appris qu'aux États-Unis un homme qui survivait dans l'attente d'un donneur s'est vu transplanter le cœur de sa fille âgée de dix-neuf ans. C'est extraordinaire ! Il survit par la mort de celle qu'il a engendrée !

JMDF : L'Église est favorable à la transplantation, dès lors que ce geste sauve une autre vie.

FB : Ça commence à ressembler à une manipulation de ce qu'était le corps d'origine.

JMDF : Cela ne se compare pas.

FB : Et l'acharnement thérapeutique, et l'euthanasie ? Ce n'est pas pour le plaisir d'être ultra-libertaire, mais pourquoi s'obstiner à retarder la mort à tout prix ? Quand les médecins savent qu'un malade qui souffre est inéluctablement condamné, qu'il ne reste, pour lui et ses proches, que le spectacle horrible de la déchéance et une douleur permanente, pourquoi vouloir considérer alors que la volonté de Dieu est de le laisser souffrir, pendant dix ans, paralysé sur un lit, avec des tuyaux partout ? Sans aller jusqu'à s'acharner médicalement, ne peut-on pas accepter, au moins, l'abstention thérapeutique ?

JMDF : L'Église n'est pas pour l'acharnement thérapeutique. En revanche, elle s'oppose à l'euthanasie. La réponse est toujours la même : c'est l'ouverture d'une brèche. Jusqu'où ne pas aller ? Comment encadrer, de façon drastique, la prise de décision, en s'assurant qu'il n'y ait pas d'abus ? On sait toutes les horreurs qui peuvent se tramer, dans certaines familles, au pied du lit de personnes apparemment condamnées.

FB : En Hollande, où le droit à l'euthanasie est légal, c'est le malade qui décide, et non la famille qui l'ordonne.

JMDF : Un médecin qui travaille dans une unité de soins palliatifs me disait récemment combien peut changer l'avis d'un malade encore lucide qui demande à ce qu'on accélère sa fin lorsque les souffrances deviendront intolérables. Le même malade, dans de nombreux cas, s'accroche à la vie et refuse ce qu'il avait demandé, quand l'heure est venue ! Le malade n'est pas toujours en état de prendre une décision, et quand il supplie que soit mis fin à ses jours, n'est-il pas en train d'implorer plutôt qu'on le soulage ? Et si le médecin est parvenu à le soulager, crois-tu que le malade réitérera sa demande ?

Plaçons-nous sur le plan de la moralité et posons-nous la question fondamentale : a-t-on le droit de mettre fin, volontairement, à la vie d'un être, même irrémédiablement condamné, et qui souffre, en provoquant, directement ou implicitement, une mort autre que celle qui s'annonce ? C'est ainsi que l'Église s'est interrogée. Elle en a conclu au refus de l'euthanasie, car le premier devoir chrétien est de soulager et d'aider à la vie jusqu'à l'instant ultime. C'est cette mission, terriblement difficile, qui est confiée au médecin. Techniquement, il serait plus simple pour lui de donner la mort, bien sûr, mais si l'euthanasie était acceptée, quel rapport s'instaurerait alors entre le malade et son médecin ? Quelle confiance le patient pourrait-il accorder à l'homme qui détient le droit de vie et de mort sur lui ?

Il faut que chaque être humain ait le droit de vivre sa vie, comme sa mort. Et le médecin, la famille, les proches ont le devoir d'accompagner le malade, de le préparer à la mort, de lutter contre la mort jusqu'au moment où ils devront l'accueillir, quand elle se présentera naturellement.

Alors, non à l'euthanasie, non à l'acharnement thérapeutique, et oui à l'accompagnement du mourant, pour adoucir ses derniers instants.

FB : L'homme a enfin, pour la première fois dans l'histoire de l'humanité, la possibilité de choisir le moment d'une naissance et le moment de sa mort. Je trouve que c'est un progrès et je vais penser à rédiger mes dernières volontés.

Auparavant, je me demande si je ne serais pas tenté par la chirurgie esthétique, je m'interroge. J'avais les oreilles décollées, par exemple, et j'ai subi une petite intervention quand j'étais enfant. Je m'en suis trouvé bien mieux que le prince Charles.

JMDF : L'Église ne s'est jamais prononcée sur le sujet.

FB : Il faudrait, parce que ce qui peut paraître futile n'est pas aussi anodin qu'on le pense. La chirurgie plastique aujourd'hui a tendance à transformer les êtres humains en clones : tous avec le même nez, la même bouche, les mêmes seins et la peau du visage tirée. C'est un choix, là aussi, que l'homme fait de désobéir à la nature.

JMDF : Quand il s'agit de recoller les oreilles d'un enfant, c'est souhaitable, plutôt qu'il soit l'objet de moqueries. De même pour tous ceux qui souffrent d'une malformation ou d'un élément de leur anatomie qui leur pose un problème. C'est autre chose que de dire : j'ai envie de ressembler à telle star, ou à un modèle-type symbole des canons de la beauté.

FB : Oui, mais je m'étonne que ces modifications ne te préoccupent pas davantage. Le mythe de Frankenstein est devenu le modèle, aujourd'hui, de nombreux médecins qui veulent se substituer à la nature, ou à Dieu, en recréant l'homme à l'image qu'il souhaite. En changeant les visages, les lèvres, en rendant plus jeunes les femmes et les hommes, on touche au refus de vieillir, donc au processus naturel.

JMDF : Si cela trompe l'entourage, voire le sujet lui-même, la nature, elle, n'est pas dupe. Si les interventions se transforment en recherche effrénée pour repousser les limites de la dernière échéance, si ce besoin devient pathologique, comme pour la pauvre Lolo Ferrari, je ne peux y adhérer, mais si ces interventions peuvent rendre heureux, pourquoi pas ?

FB : Et que pense l'Église de l'éradication des mongoliens ? Car c'est bien cela qui est en cours. Les fœtus de trisomiques sont détectés par l'amniocentèse. Il est tout à fait officiel et admis que les femmes procèdent à cet examen et décident de se séparer du fœtus qui présenterait trois chromosomes identiques au lieu d'une paire. Cela revient donc à avorter, à supprimer l'enfant en gestation. Implicitement, la société sélectionne ceux qu'elle ne veut pas voir naître, et dans quelques années, cette catégorie d'êtres humains n'existera plus. Alors, est-ce un progrès ou pas ?

JMDF : Scientifiques et religieux ne sont pas d'accord pour situer le stade auquel on peut parler d'un être humain. Dès la fécondation ? Au bout de quelques semaines ? Je ne peux pas admettre que cette sélection soit un progrès pour l'humanité. Je connais bien le cas de personnes trisomiques, ou d'enfants handicapés, puisque j'en compte dans mon environnement proche. J'ai pu constater comment ils évoluent, comment les parents vivent ce qui pourrait paraître un énorme fardeau, alors qu'ils vont souvent davantage s'attacher à cet enfant qu'aux autres, comment ils l'entourent, l'aident à grandir, à progresser. Par conséquent, dans le principe, je ne peux pas accepter l'idée de l'avortement, même pour ces enfants. Là encore, c'est un peu facile à affirmer, puisque ni toi ni moi ne vivons ce cas. Ce sont les familles concernées qui pourraient répondre. Mais quand on les interroge, plus de quatre-vingt-dix pour cent d'entre elles disent ne pas regretter de ne pas avoir eu recours à l'avortement.

Ce mode de sélection me fait froid dans le dos. Où cela commence, où cela finit ? Dans ce cas, les fœtus atteints de nanisme, faut-il les laisser naître, etc. ? Cette recherche de l'amélioration génétique de l'espèce humaine par la sélection avant la naissance se heurte à mes convictions les plus profondes, comme à celles de l'Église.

FB : Ça rejoint l'épouvantable théorie nazie de l'eugénisme. Et finalement, par l'avortement de fœtus génétiquement anormaux, la société n'entre-t-elle pas, insidieusement, dans un eugénisme « soft » accepté par la grande majorité ?

Moi-même, j'avoue que je serais malhonnête si j'affirmais être radicalement contre cette sélection. Dans le principe c'est une horreur. En même temps, quand j'ai eu Chloë, j'ai préféré qu'elle ne soit pas handicapée.

JMDF : Je ne jette pas la pierre et ne juge pas ceux qui sont favorables à ces interventions sur des fœtus mal formés car, pour tout avouer, si j'avais été confronté à ce cas, et que j'aie engendré un embryon anormal, je ne sais pas ce que j'aurais décidé.

FB : La science permet peut-être à l'humain d'aller vers un progrès, et l'on peut tout de même être fasciné par ses prouesses et par l'amélioration de la vie, cette vie que tu défends, améliorée chaque jour davantage par la science. Si Dieu existe et qu'Il a créé l'univers, Il a fait la science.

JMDF : L'Église ne refuse pas le progrès quand il respecte la dignité humaine.

FB : Pour clore ce chapitre sur un thème moins grave, je voudrais aborder la question de l'Église face au mariage, face à la fidélité.

JMDF : Le septième commandement : « Tu ne seras point adultère. »

FB : Oui. Dans ce monde de la libération sexuelle, sur ce point encore les Écritures et l'Église sont complètement dépassées. Je ne sais combien d'*Ave Maria* et de *Pater Noster* il faudrait que je récite, mais même chez les plus respectueux des hommes, cette notion de fidélité est rarement respectée. Elle est, moins que jamais, d'actualité. Je me demande même si c'est un concept humain. Oui, est-ce humain de demander à qui que ce soit de faire l'amour, toute sa vie, avec la même personne ? La difficulté est la même qu'on soit marié ou non. La fidélité dans le couple est un principe d'une autre époque, inventé par les hommes pour être certains d'être les pères de leurs enfants. Pour le mariage, idem. Il permettait, et souvent encore de nos jours, d'emprisonner la femme et de la maintenir à la merci de son mari. Ce que l'homme n'avait pas prévu, c'est qu'en inventant ce système, il s'emprisonnait aussi.

Sur le plan de la fidélité, je suis plutôt soixante-huitard, plutôt libertaire, je pense qu'un couple peut s'aimer en acceptant la liberté de l'autre.

JMDF : Pourquoi t'es-tu marié alors ?

FB : Parce que c'est beau.

JMDF : Tu crois que l'engagement devant Dieu et devant le maire contribue à la pérennité du couple ?

FB : C'est une déclaration d'amour et, à la fois, une révolte contre l'individualisme et l'égoïsme ambiants. Quand on se marie, comme moi, dans cet état d'esprit, le mariage devient alors assez révolutionnaire.

JMDF : C'est aussi une façon de dire son amour, publiquement, de déclarer que l'on veut faire route ensemble, que l'on est prêt à partager les joies comme les épreuves. Que ce que l'on cherche, ce n'est pas tant son propre bonheur que de contribuer à faire le bonheur de celle ou de celui que l'on aime. J'irai plus loin, quitte à te surprendre, pour les chrétiens, c'est veiller à la vocation de celui ou de celle que l'on aime, à sa vocation à la sainteté. La difficulté n'est ni ringarde ni dépassée, quel beau témoignage nous donnent de très vieux couples qui sont parvenus à traverser toutes les épreuves d'une vie et s'aiment comme au premier jour ! Je ne peux pas te suivre quand tu sépares amour et sexualité. Là encore, pour nous chrétiens, l'un et l'autre sont inséparables. Aimer, ce n'est pas rechercher des émotions, un plaisir : c'est vouloir le bien de l'autre et tout mettre en œuvre pour ça. Est-ce que ça rend mon conjoint heureux de savoir que je couche avec quelqu'un d'autre ? Est-ce que je construis notre couple, notre famille ?

Notre amour ? L'Église croit, et des couples fidèles, chrétiens ou non le prouvent : il est possible de s'épanouir dans la fidélité, de répéter un million de fois « Je t'aime » à la même personne. La vraie liberté, c'est de parvenir à renoncer à soi-même pour l'autre !

FB : C'est merveilleux, évidemment, de lier les deux, mais il est bon de pouvoir aussi les séparer. Il peut y avoir des zones de sexualité sans amour et dans ce cas l'acte sexuel devient un geste anodin, agréable, sans graves conséquences.

JMDF : Et ceci, tant pour l'homme que pour la femme ?

FB : Bien sûr. Cette liberté est l'un des grands apports des années soixante, qu'il ne faut pas perdre.

JMDF : Je vais te poser une question qui n'est que de fiction, mais comment vivrais-tu l'infidélité de ta femme ?

FB : Je pense qu'on peut aimer une personne au point d'accepter qu'elle ait envie d'avoir du plaisir ailleurs. Si ça la rendait heureuse, je le serais aussi. Peut-être est-ce de l'inconscience, mais je trouve que l'exigence de fidélité entraîne la frustration et la jalousie, deux douleurs qui me paraissent inutiles. Tout cela n'empêche pas l'amour et le respect de l'autre.

Ce qui vient tout compliquer, c'est que l'Église exige la fidélité, qui génère forcément un péché, l'adultère.

JMDF : L'Église ne confond pas fidélité et possessivité. Je pense à cette image de la poignée de sable : plus on veut en prendre, plus on ferme les mains, moins il reste de sable dans la paume. Vivre l'amour les mains ouvertes, renforce la solidité du couple.

FB : Ah !

JMDF : Je suis conscient des faiblesses de l'être humain, je n'ai pas une vision angélique du couple. Quand je prépare des jeunes gens au mariage, je leur rappelle, bien sûr, leur engagement de fidélité. Ils le prennent, la plupart du temps, en toute sincérité. Je me souviens pourtant d'un cas dramatique où, deux jours après les célébrations, la mariée est partie avec le meilleur ami de son époux. Le garçon abandonné n'est jamais parvenu à surmonter ce qu'il vivait comme une trahison, et s'est suicidé. Bien sûr, je ne porte pas de jugement...

FB :... moi si, j'en porte un, qui va au-delà de ce cas terrible. De quel droit impose-t-on cette contrainte folle de fidélité absolue, que les élans du cœur et du corps ont du mal à tenir ? Je recommande le mariage lucide. Je me suis marié avec réalisme, ce qui ne m'empêche pas d'être romantique. La cérémonie, le faste, les amis, le riz, le départ en calèche... tous ces attraits du rêve ne sont, en fait, qu'un lavage de cerveau. J'ai trouvé mon deuxième mariage plus bouleversant que le premier. Nous étions huit à la mairie du VIe... Dans ta tragique histoire, cette jeune mariée a été entraînée par le respect des conventions bourgeoises. Elle s'est laissé demander en mariage avec bague, cocktail et l'église ensuite... Pendant ce temps-là, elle prenait conscience qu'elle aimait l'autre. Son mariage lui a révélé son véritable amour. Je trouve ce geste digne de grandes œuvres, quand certains doivent crier au péché.

JMDF : « Tout est grâce, même le péché », a dit saint Augustin.

FB : Il est vrai qu'il a commencé dans le dévoiement.

JMDF : Entendons-nous bien : il veut dire que le péché peut conduire à Dieu, même si on s'en est détourné, et qu'on peut recevoir la grâce même en ayant emprunté le chemin du péché.

FB : En fait, le seul intérêt de ce commandement est de créer des situations romanesques. Je tiens à rendre hommage aux Saintes Écritures et à l'Église, qui ont procuré aux écrivains un fabuleux fonds de commerce : l'adultère. J'ai écrit *L'amour dure trois ans*. J'ai connu plusieurs fois cette situation d'être avec une personne et d'en aimer une autre. C'est violent, la passion interdite, la violation de tous les tabous ; ça fait certainement partie de mon éducation catholique d'aimer ce qui est interdit, d'aimer l'adultère, le meilleur des aphrodisiaques. Et le sens du péché, que nous inculque l'Église, a pour effet d'exacerber nos jouissances par le plaisir qu'on éprouve à enfreindre l'interdit.

« Tu ne seras point adultère ! » C'est la transgression de ce commandement qui m'a rendu adulte.

CHAPITRE XV

Prêtre aujourd'hui

FB : Comment la vocation t'est-elle venue ?

JMDF : Mon désir de devenir prêtre est né en entrant dans une église, grâce à une voisine qui m'a emmené avec elle à la messe. Je revois la scène : nous étions au fond de ce qui m'apparaissait comme un long couloir noir, dans la pénombre, avec au bout, l'autel et le chœur, lumineux, où le prêtre officiait. La célébration m'a fortement impressionné, au point que je n'ai rien oublié de l'événement, alors que je devais avoir quatre ans. Dès les années suivantes, j'ai affirmé mon désir d'être prêtre. Mes parents m'ont envoyé au catéchisme, sans raison particulière autre que celle de faire comme tout le monde, avec en but ultime, la communion solennelle. Je me sentais bien dans cette paroisse. Le prêtre, jeune, dynamique, nous emmenait en escalade dans les calanques, en balade dans la région, et peu à peu je découvrais une famille de substitution, de sorte que, le soir, après la classe, plutôt que de rentrer chez moi, je préférais rejoindre la paroisse, retrouver les copains.

Plus tard, l'abbé m'a confié des responsabilités d'animation de mouvements de jeunes. Je prenais progressivement de l'assurance, ma foi s'affermissait, j'ai découvert le Christ, comprenant ainsi que mon bonheur, ma vie, étaient de le suivre dans l'Église. Une difficulté restait à surmonter : l'accord de mes parents.

FB : Oui, les parents pensent toujours que leur fils, prêtre, n'aura pas une vie « normale ».

JMDF : La réticence de ma famille résidait aussi dans les moqueries qu'elle pensait que je devrais subir. Car à l'époque de ma jeunesse, dans ma région, si certains respectaient le prêtre, il était raillé par d'autres. En provençal, le curé est souvent désigné d'un terme péjoratif : le *capelan*, qui signifie le chapelain. Comme nous vivions à Marseille, nous n'allions pas échapper à cette « tradition ». Quand ma mère a compris à quel point cette volonté était ancrée en moi, elle m'a donné son accord pour mon entrée au séminaire.

Lorsque le jeune garçon de dix-onze ans, qui exprimait le désir de devenir prêtre, arrivait au secondaire, il pouvait fréquenter le petit séminaire tout en poursuivant ses études. Il était ainsi préparé à rejoindre le grand séminaire, après obtention du bac. Aujourd'hui, ce n'est plus le cas, et souvent, les futurs prêtres poursuivent des études universitaires avant le séminaire ou exercent une profession.

FB : Ta vocation était devenue une évidence et tu allais passer à côté de bien des joies terrestres. L'amour, par exemple.

JMDF : Avant d'entrer au grand séminaire, j'ai fréquenté une jeune fille à laquelle j'étais attaché au point d'être déchiré dans mon choix. Elle m'aimait, je l'aimais passionnément, et en même temps j'éprouvais le profond désir d'être prêtre. Jusqu'au jour où je lui ai écrit que j'allais entrer au séminaire.

FB : L'as-tu revue par la suite ?

JMDF : Oui, bien sûr. Elle est mariée, mère de famille, et nous sommes toujours amis.

FB : Voilà une noble illustration de ce qu'est la vocation. Mais aujourd'hui, l'Église vit la crise des vocations. Comment l'expliques-tu ?

JMDF : Il y a tout un faisceau de raisons à cette crise. La baisse de la démographie est un facteur important. Les familles, de la France rurale en particulier, avaient de nombreuses progénitures, souvent six enfants, parfois huit. Le curé était l'âme du village et y résidait souvent toute une vie. Puis c'est la révolution industrielle, avec une désertion des campagnes au profit des villes. Souvent, la vocation est déclenchée par un modèle, un prêtre respecté qui lui fait découvrir le Christ, fédérateur, pour lequel l'adolescent éprouve de l'admiration. Aujourd'hui, quels sont les modèles ? Les grands sportifs, les stars de la chanson ou du cinéma.

Dès lors qu'il y a moins de prêtres, ceux qui sont en activité ont moins de temps à consacrer à leurs paroissiens, puisqu'ils partagent leur temps entre différents lieux. Les curés exercent donc plus longtemps que par le passé et sont souvent âgés. Cela n'enlève rien à leurs qualités. Mais ce n'est pas le même rap-

port qui s'établit entre un jeune prêtre et des adolescents qui joueront au foot avec lui, et parleront le
même langage.

FB : Je crois surtout que l'Église demande aux religieux des choses impossibles. Le célibat obligatoire
n'aide pas à l'épanouissement.

JMDF : Chez les protestants, où les pasteurs ont le
droit de se marier, la crise est la même.

FB : Mais les sollicitations sont devenues trop
nombreuses pour qu'un homme normalement constitué ait envie d'y renoncer.

JMDF : Cela joue certainement, mais le prêtre,
comme tout être humain, éprouve également un
besoin de reconnaissance. Or la société a tendance à
le déconsidérer, à douter de son utilité. Afin de pour-
voir à des fonctions d'animation liturgique, et des
communautés d'administration ou de gestion, l'Église
a recours, de plus en plus souvent, à des laïcs. Pour
les finances, par exemple, l'immobilier... il vaut
mieux que ces responsabilités soient confiées à des
personnes compétentes...

FB :... que l'Église débauche de chez Arthur
Andersen !

JMDF : Cela libère le prêtre, qui peut se consacrer
totalement à l'essentiel de sa mission. Des laïcs viennent aussi alléger la charge des prêtres, notamment
pour l'enseignement du catéchisme. Il y a plus de
deux cent mille catéchistes en France, dont une majorité de femmes. Souvent elles n'ont pas la même vie
professionnelle que les hommes et certaines trouvent

du temps, le mercredi par exemple, pour s'occuper de leurs enfants, mais aussi de ceux des autres.

Faute de prêtre, dans certains villages la messe ne peut pas être célébrée tous les dimanches. C'est alors un laïc qui va animer la prière. Pour les obsèques, là encore, l'Église recourt à des laïcs pour recevoir les familles et les préparer à la célébration des funérailles. Mais le manque de prêtre ne pose pas que des questions d'organisation pratique et de suppléance. Il y a un seuil où la présence du prêtre est indispensable. Sans lui, pas d'eucharistie et sans eucharistie, pas d'Église. Autrement dit, ce qui est la source de l'action de tout chrétien, de toute l'Église, c'est le don que le Christ fait de sa vie et que nous revivons à chaque célébration de la messe et auquel nous participons pleinement dans la communion. Ces responsabilités confiées aux laïcs ne sont pas directement liées au manque de prêtres mais surtout, après le concile, à la découverte de leur mission de baptisés au service de l'Église.

FB : Ces interventions de laïcs sont bien la preuve de ce que des personnes, qui vivent normalement, sont en mesure d'enseigner la parole de l'Église. Comment un prêtre peut-il me parler de mariage, de procréation, d'adultère, alors qu'il n'a rien vécu de tel ? En quoi est-il compétent pour me donner un avis sur les choses du sexe ?

JMDF : Ce n'est pas vraiment ce qui est demandé à un prêtre. Dans bien des domaines, l'expérience personnelle est loin d'être le seul, voire le principal critère de crédibilité ! Je ne choisis pas mes médecins en fonction des maladies qu'ils ont déjà eues ! Les prêtres ont d'autres formes de connaissance de l'être humain et de ce qui le fait vivre.

FB : D'accord, mais pour conseiller sur le mariage, pour orienter les choix de liberté sexuelle, en quoi le curé est-il légitime ? Et pour aller plus loin dans la réflexion, trouves-tu humain d'exiger des prêtres qu'ils résistent à la tentation ? Leur interdire une vie de couple, une vie sexuelle ? Bannir toutes ces choses qui sont constitutives de la nature de l'homme, est-ce nécessaire, voire indispensable ? N'est-ce pas dangereux même ? Déjà, aux fidèles, il est demandé des choses impossibles, mais ce n'est rien au regard de ce qui est exigé des prêtres.

JMDF : Vivre le célibat n'est pas impossible, même si c'est difficile. Dans la société laïque, beaucoup font le choix de célibat.

FB : Pour être plus libre de multiplier les partenaires !

JMDF : Non. Il s'agit d'un choix qui n'est pas nécessairement lié à l'activité sexuelle. Nous naissons tous célibataires, certains le restent toute leur vie, volontairement.

Le célibat religieux est également un choix, qui correspond à l'appel de Dieu. Il n'est pas à considérer comme un refus, mais plutôt comme un oui, une contribution au but recherché : le don de soi, le don de sa vie, suivant ainsi l'exemple du Christ. Le célibat des religieux fait partie du don qui leur est demandé : une exigence pour mieux servir Dieu et l'Église.

FB : Et pour leurs pulsions sexuelles, que leur recommande l'Église ? La masturbation ? Les prostituées ?

JMDF : Elle leur demande de ne pas refouler ces pulsions, mais de les sublimer. Pardon pour ce langage freudien ! Je mentirais si je ne reconnaissais pas que, parmi les vingt mille prêtres que compte la France aujourd'hui, tel ou tel n'a pas été infidèle aux engagements pris le jour de son ordination.

FB : Certains ont eu des liaisons. Et même des enfants... Je trouve ça inévitable.

JMDF : Mais combien témoignent de leur épanouissement en Dieu ? Il est faux de croire, comme certains médias le prétendent, que le religieux qui a fauté en ayant un enfant est couvert par son évêque. Devant un aveu de paternité, l'évêque aura pour premier souci l'enfant, bien sûr, et demandera au prêtre de se comporter en être responsable, de renoncer à son ministère pour élever cet enfant.

Mais ces cas sont rares et ne signifient pas que les placards des sacristies sont pleins de maîtresses cachées. Pour le prêtre, la fécondité est d'ordre spirituel et ses enfants sont des fidèles auxquels il transmet en étant heureux la parole de Dieu.

FB : Imposer à un être humain une fidélité à un engagement inhumain engendre forcément l'échec.

JMDF : Il est parfois difficile aux gens mariés d'être fidèles, toute une vie, à leur conjoint. Les religieux sont confrontés au même problème.

FB : Je reviens sur l'expérience que n'a pas le curé, pour s'autoriser à distribuer ses conseils dans des matières qu'il ne connaît pas. Tu m'as dit être allé à un concert de Johnny pour comprendre le sens de ses « messes ». De même, je pense qu'un prêtre devrait avoir le droit de se marier, d'avoir une sexualité pour être plus légitime dans son rôle de conseil, pour être aussi plus proche de ses ouailles dans les difficultés qu'elles rencontrent. D'autant que la sexualité est une chose naturelle. C'est l'inverse qui est anormal. Si Dieu a créé la sexualité, c'est qu'Il a voulu qu'elle fasse partie de l'homme, et donc du prêtre aussi.

Je suis certain que cette exigence surhumaine suscite immanquablement l'incompréhension, la suspicion. Et toutes ces affaires de pédophilie dans l'Église ne s'expliquent que par la frustration sexuelle.

JMDF : Tu sais comme moi que bien des actes de pédophilie ont lieu au sein de la famille et dans le milieu éducatif. Ce qui apporte des nuances à ton affirmation.

FB : Toi, à titre personnel, n'as-tu pas souffert de ce manque d'amour charnel ?

JMDF : J'ai connu une période où je me suis interrogé, pas tant sur la sexualité ou sur le célibat, que sur mon renoncement à la paternité. À l'époque, je n'avais pas encore pris conscience de ce que la paternité du prêtre relevait d'un autre ordre que celui du charnel.

FB : Mais tu es père, mon père.

JMDF : Oui. C'est le fruit d'une évolution par laquelle passent les religieux, et peut-être davantage encore, les religieuses. Leur nature les pousse à être mère, mais leur attachement au Christ les fait renoncer à cette maternité. Elles sont une preuve de ce que cet engagement est possible.

FB : Je t'ai dit combien ma paternité m'est importante, combien avoir un enfant touche au merveilleux, et je me rends mieux compte maintenant à quel point l'Église prive les hommes et les femmes qui la servent.

JMDF : La paternité spirituelle, j'ai pu en mesurer davantage l'importance lorsque j'ai traversé les épreuves liées aux accusations dont j'ai été l'objet. J'ai reçu de très nombreux témoignages d'anciens élèves, que je n'avais pas revus depuis plus de vingt ans et plus encore. Ils m'ont écrit pour me soutenir, pour me dire ce que je leur avais apporté et transmis pendant le temps où ils étaient mes élèves bien des choses que j'avais moi-même oubliées mais qui avaient compté pour eux. Là, je me suis vraiment senti père.

FB : C'est très beau, mais il n'empêche que tu as souffert de ne pas pouvoir aimer une femme avec laquelle tu aurais pu faire ta vie. Tu as donc été confronté, étant jeune, à la question des contraintes de ton engagement, sans parler des exigences du corps, qui sont différentes chez chacun de nous. Pour être clair, avec ta belle gueule qu'on t'a assez reprochée, tu as dû faire des ravages. Sois loyal, même si ta modestie doit en souffrir.

JMDF : Je n'ai pas souffert de ne pas avoir aimé une femme ! Je me suis bien aperçu que je ne laissais pas telle ou telle indifférente. J'en ai rencontré, aussi, qui ne m'ont pas laissé indifférent. Mais je n'ai pas souffert. J'ai expliqué que cet amour était impossible.

FB : Se faire un évêque, un prêtre, ça doit les faire fantasmer !

JMDF : Quel provocateur tu es ! Tu me ressors tes souvenirs de lecture du *Mur* de Sartre ?

FB : C'est encore plus excitant ! La passion impossible... Et l'uniforme !

Il y en a bien qui t'ont marqué ? Des amours dont le souvenir t'émeut encore.

JMDF : Oui, bien sûr.

FB : Et elles étaient belles ?

JMDF : Je ne vais pas m'engager sur ce terrain. La beauté est affaire de subjectivité. Quand tu me parles de ta fille, tu me dis qu'elle est belle et qu'elle est Dieu. Tu vois, la beauté empêche de douter de l'existence de Dieu. Alors oui, lorsque j'étais jeune prêtre, j'ai connu une jeune femme, qui était engagée par ailleurs, comme moi je l'étais envers Dieu. Nous étions des amis. Je lui ai expliqué que cela ne pouvait pas aller plus loin que l'amitié. Nous sommes parvenus à passer, tous les deux, au-delà de nos sentiments. Elle s'est mariée, a eu des enfants, et nous sommes restés en très bons termes.

FB : Tu en as été malheureux ?

JMDF : Oui, un peu, mais pas au point d'être torturé. J'ai éprouvé la crainte d'avoir blessé. J'ai peut-être été maladroit.

FB : Ce que je déplore, c'est cette notion, typiquement catho, de sacrifice.

JMDF : Tu auras remarqué que je n'ai pas employé ce terme.

FB : Mais sacrifier un sentiment, c'est criminel. C'est Héloïse et Abélard, ton histoire !

JMDF : Il ne s'agit pas de sacrifier un sentiment, mais de le dépasser ! Il faudrait que tu interroges les jeunes gens qui fréquentent aujourd'hui le grand séminaire. C'est une formation de niveau universitaire, et ceux qui suivent ce cursus ont entre vingt-six et trente-cinq ans. Ils ont parfois suivi d'autres études, exercé des responsabilités professionnelles, certains ont eu des histoires d'amour avant d'entrer au séminaire. En s'engageant, font-ils un sacrifice ? Non, ils font un choix. Celui du Christ.

FB : Pour le commun des mortels, c'est difficile à comprendre.

JMDF : Nous sommes des mortels très communs, qui décidons librement de vouer notre vie au Christ. Quant à la question de l'inexpérience, qui peut prétendre parler en ayant fait l'expérience de tout ?

FB : D'accord. Mais tu n'as jamais trompé ta femme, et tu ne peux pas savoir ce que l'on peut éprouver dans ces moments-là. Cela me fait bizarre de parler avec un homme de soixante ans qui n'a eu aucune expérience sexuelle...

JMDF : La fidélité du prêtre à ses engagements est tout autant difficile à respecter que l'exigence de fidélité d'un couple qui vit ensemble depuis trente longues années. Certains doivent se dire qu'ils vont retrouver le soir celui ou celle qu'ils ont du mal à supporter, avec ses ronflements, son odeur, ses marottes... Non, je ne crois pas que, dans tous les cas, le mariage soit plus... « éclatant » ou « exaltant » que le célibat.

FB : L'argument est intéressant. Finalement, ce qui est exigé des prêtres est bien moins lourd à vivre que ce qui est demandé aux gens mariés !

JMDF : Lorsque je fais une retraite dans un monastère ou dans un couvent, je suis toujours impressionné par le visage, le regard empreint de plénitude, de ceux et celles qui consacrent leur vie à la prière. Ils sont parvenus à atteindre la liberté, au sens théologique, à se libérer de toutes ces chaînes terrestres dont nous sommes prisonniers.

FB : Tu parles de l'engagement féminin ! Puisque l'Église manque de prêtres, pourquoi ne pas avoir recours aux religieuses ? Voilà encore une anomalie. L'Église, dirigée par les hommes, serait-elle sexiste ? Considères-tu la femme comme indigne d'assurer la prêtrise ?

JMDF : C'est mal poser la question. La position de l'Église est tout à fait claire : hommes et femmes, chacun son rôle. Le sacerdoce est réservé aux hommes, parce que le prêtre, je le répète, est l'image du Christ. Le Christ est un homme, le prêtre aussi. Quand la décision a été prise, chez les anglicans, d'ordonner des femmes, cela a créé une crise grave, et des prêtres, mariés pour la plupart, ont quitté cette Église. Ils considéraient que, théologiquement, rien ne pouvait justifier l'ordination de femmes.

Le rôle de la femme dans l'Église est bien plus important qu'il n'y paraît, même s'il est plus discret :

Marie, mère du Christ, les femmes premiers témoins de la Résurrection, docteurs de l'Église... Il est même essentiel. Beaucoup ont des responsabilités en tant qu'économe, gestionnaire, porte-parole, dans l'aumônerie, sont chargées de la communication auprès d'un évêque... mais elles ne sont pas prêtres.

FB : Sur ces points que nous avons évoqués, la crise des vocations, le célibat des prêtres, le rôle des femmes, la question est toujours la même et j'insiste : l'Église va-t-elle s'adapter à son époque ou pas ? De temps en temps, des cardinaux se réunissent à Rome et réfléchissent. Ils disent que l'Église va évoluer, mais finalement, rien ne bouge.

JMDF : Je t'ai déjà répondu. Les bases, les fondements sont immuables.

FB : Mais la question de la femme prêtre ne touche pas au dogme ? Pour prendre d'autres exemples d'évolution, dans le passé il n'y avait pas de femmes académiciennes, ou polytechniciennes, maintenant il y en a.

JMDF : Le Christ n'était ni académicien ni polytechnicien. Il était homme

FB : S'Il avait été femme, la face du monde aurait changé.

Je vais encore me répéter : Vatican III a, décidément, beaucoup de pain sur la planche.

CHAPITRE XVI

Évêque aujourd'hui

FB : Te voilà installé à Gap, dans les Hautes-Alpes, depuis quelques mois. Pourquoi Gap et pas ailleurs ? Pourquoi maintenant et pas à un autre moment ?

JMDF : J'étais évêque auxiliaire de Paris, c'est-à-dire l'un des collaborateurs de l'archevêque de Paris. Cette fonction est presque toujours temporaire, habituellement suivie de la responsabilité d'un diocèse, où l'on devient évêque résidentiel. Quand on est auxiliaire à Paris, on ne peut que recevoir une responsabilité dans un diocèse moins important en population.

FB : Évêque résidentiel. C'est beau ! Mais ça sonne comme « assigné à résidence ».

JMDF : Talleyrand, évêque d'Autun, était plus souvent à Paris ou à Versailles que dans sa région. Aujourd'hui, lorsqu'un évêque est nommé dans un diocèse, il doit y être présent, prioritairement.

FB : Tu étais porte-parole des évêques, chargé de la communication. On t'a vu dans tous les médias et aujourd'hui te voilà dans un espace plus restreint, ça doit te changer ?

JMDF : C'est vrai que dans une ville de quarante mille habitants, et un département, les Hautes-Alpes, de cent vingt mille habitants, le rythme est différent de la vie parisienne. Dans la fonction publique ou dans le privé, beaucoup de gens sont mutés ou choisissent de quitter la capitale pour vivre autrement. Je mentirais si je disais que certains côtés de ma longue période parisienne ne me manquent pas, de temps en temps. En premier lieu, les amis. Je suis arrivé à Paris lorsque j'avais vingt-sept ans, j'en suis reparti à soixante-deux ans. Le cœur de ma vie s'y est déroulé. Quel terrible constat ce serait que d'être insensible à un tel changement ! Bien sûr que cela m'a coûté, sinon ça signifierait que toutes ces relations amicales et affectives étaient superficielles.

Durant ces trente-cinq années passées à Paris, j'ai eu la chance d'y lier de solides amitiés. Je reçois régulièrement des nouvelles et ces échanges épistolaires, par la poste ou par Internet, comptent beaucoup pour moi. Je suis persuadé de ne pas perdre mes amis et d'en trouver d'autres ici, même si mes activités me laissent peu de temps pour les cultiver. Je vais à Paris ou en province, ou à Rome, pour des responsabilités que la conférence des évêques m'a confiées, mais j'essaie d'être le plus souvent possible dans mon diocèse.

FB : Ma question était peut-être plus perfide. Ta situation est une promotion, certes, mais elle me rappelle celles que l'on accordait autrefois quand on envoyait les promus à Limoges. Tu vois ce que je sous-entends ? Limoges... limogeage !

JMDF : Dans l'Église, la notion de « carrière » n'a pas le même sens que dans la société civile. Nous ne cherchons pas à gravir des échelons pour bâtir un avenir personnel. Nous avons, avant tout, une mission à accomplir. Quand un diocèse se libère parce qu'un évêque parvient à l'âge de se retirer, un successeur est recherché pour lui succéder.

Lorsque j'assumais la responsabilité de porte-parole, l'un de mes confrères, en fonction également au secrétariat général, s'occupait de ce que l'on appelle « l'apostolat des laïcs », une lourde charge en relation avec tous les mouvements laïcs de l'Église de tout le pays. Il a été nommé évêque de Montauban. À sa responsabilité nationale s'est substituée une responsabilité locale. Et ce type d'exemples est courant.

Parmi les raisons qui ont amené à ma nomination à Gap, il a certainement été pris en compte un élément important : mes origines méridionales. Il ne faut pas oublier que je suis né à Marseille et que, dans ma jeunesse, j'allais régulièrement dans la région de Gap. C'était une des échappées de montagne les plus proches de la capitale phocéenne, où jusqu'à ce mois d'août 2004 vivait toujours ma mère, ce qui était une chance pour moi.

FB : Je trouve que ce n'est pas très sain, cette opacité que l'Église s'applique à conserver en termes de nominations. Tout se passe de manière non transparente. Je ne suis pas sûr que ce soit très profitable à l'institution. Quand quelqu'un a autant de contacts que toi, est capable d'exprimer des positions claires au nom de l'Église, etc., c'est plutôt un atout qu'un défaut, il me semble.

JMDF : C'est ainsi dans l'Église. Les responsabilités tournent ! Quant à moi, j'ai vu mon mandat de porte-parole prolongé de deux années, ce qui était exceptionnel.

FB : Mais alors, quand tu as été nommé à Rome, ce n'était pas une mise à l'écart ?

JMDF : En aucun cas. Et cela prouve bien qu'il se dit n'importe quoi. Lorsque je suis parvenu au terme de mon mandat de porte-parole, en 1996, j'avais trois possibilités : l'archevêque de Paris me proposait d'être archiprêtre de Notre-Dame, l'archevêque de Marseille m'invitait à le rejoindre comme vicaire général, et il y avait cette opportunité d'aller à Rome comme conseiller culturel. J'ai choisi l'Italie, laissant ainsi à mon successeur plus de facilité pour trouver pleinement sa place dans les médias français.

À présent, je suis à Gap et je m'y enracine. J'essaie d'accomplir la mission qui est celle d'un prêtre, d'un évêque auprès des gens qui œuvrent avec moi.

FB : Tu y es pour combien de temps ?

JMDF : Qui le sait ?

FB : Tu m'as dit qu'un évêque était nommé pour trois années renouvelables une fois.

JMDF : Non, ce sont les missions confiées par la conférence à l'un d'entre nous qui durent trois ans. Par exemple, je préside la commission en charge des médias et j'en suis à mon deuxième mandat. Cela signifie que, dans moins de deux ans, un autre me succédera à cette responsabilité. En revanche, quand un évêque est nommé dans un diocèse, il ignore la durée de sa mission. Cela dépend du nonce apostolique, du pape.

FB : Tu es régulièrement en relation avec le nonce apostolique ?

JMDF : Bien sûr.

FB : Et quelle est ta mission maintenant ?

JMDF : Celle de tout évêque : annoncer que Jésus est ressuscité, faire vivre l'Église dans le département et aider les prêtres dans leur ministère, ainsi que les laïcs qui ont des responsabilités. Le diocèse est étendu, puisqu'il compte deux cent six paroisses pour cent vingt mille habitants, dont quarante mille à Gap. Ce qui signifie qu'il faut se déplacer, aller à la rencontre et être à l'écoute des habitants des plus petits villages disséminés dans le diocèse.

FB : Quel a été l'accueil des Gapençais ?

JMDF : Je peux dire : extraordinaire ! Quand un évêque s'installe dans un diocèse, il vient prendre, ce qu'on appelle, même si l'expression peut surprendre, « possession de son siège ». (Cathédrale vient de *cathedra*, ce qui signifie « chaise ».) C'est dans la cathédrale que se trouve le siège de l'évêque.

Bien des gens ici ont été positivement surpris de l'accueil qui m'a été réservé. Le jour de mon installation, des personnes sont venues en délégation de tous les coins du département. On m'a dit qu'il y avait rarement eu autant de monde dans la cathédrale, de mémoire de Gapençais. Elle était bondée de gens debout, dehors ! C'était étonnant et émouvant.

FB : N'était-ce pas un peu par curiosité ?

JMDF : C'est possible. En même temps, n'aurait-il pas mieux valu arriver inconnu que précédé d'une réputation, qu'elle soit bonne ou mauvaise ?

FB : N'es-tu pas perçu comme un Parisien ?

JMDF : Je ne le crois pas. Il faudrait poser la question aux intéressés.

FB : Tu crois qu'ils te ressentent comme l'un des leurs ?

JMDF : Il est certain que je dois paraître moins étranger – compte tenu du fait que je suis de Marseille et que je connaissais la région – qu'un parachuté qui ne serait jamais venu à Gap. D'ailleurs, le jour de mon installation, le cardinal a joué sur ce registre en disant que les Gapençais recevaient un Marseillais parisien, Parisien marseillais, « de chez vous, sans être de chez vous, tout en étant de chez vous ».

FB : Est-ce le rôle de l'évêque que d'être en contact direct avec la population ?

JMDF : Bien sûr. Ici, quand je visite une paroisse, les élus sont invités. Le maire et les membres du conseil municipal sont souvent présents. Après la messe, un pot est organisé et c'est l'occasion d'un échange avec les paroissiens et les habitants de la commune.

FB : Toutes ces activités te laissent le temps pour la méditation, la prière ?

JMDF : Il faut savoir le préserver, c'est une question d'organisation. Il y a le temps pour la prière, mais il est également des temps pour l'écoute, les rencontres, les visites, ce que je m'attache à respecter.

FB : Donc, à t'entendre, tout est beau, tout le monde t'aime et voit dans ta nomination à Gap une promotion ?

JMDF : Je ne suis pas naïf et je n'ai pas dit ça ! Quiconque exerce une responsabilité publique et de gouvernement ne peut faire l'unanimité. Je suis conscient de certaines interprétations qui ont pu naître, ici ou là. Je commence à avoir une sérieuse expérience des comportements humains et n'exclus pas que cette situation éloignée de Paris ait pu ravir quelques personnes. La chaîne d'amitié qui s'est tissée au fil des années dans le monde des médias, le cinéma et le spectacle, le monde politique aussi, etc., chaîne que je n'ai pas cherché à organiser, devait en déranger certains. Comme si cet univers constituait mon seul foyer de relations, au détriment des personnes plus simples et plus modestes.

FB : Ça veut dire quoi « certains » ? Des gens dans l'Église ?

JMDF : Sans doute, dedans... et dehors.

FB : À cause de ta notoriété ? À cause des rumeurs ?

JMDF : Oui. Les rumeurs étant la conséquence de la notoriété. Crois-tu que j'ai demandé à être porte-parole ? Que j'ai fait des démarches pour que cette responsabilité me soit confiée ? Crois-tu que j'ai cherché à être nommé responsable de l'Office catholique du cinéma pour que cela m'amène à participer au festival de Cannes ? C'est l'Église qui décide, et il se trouve que la façon dont j'ai exercé ma mission a dû lui convenir puisqu'elle l'a prolongée de deux années. Au lieu de six ans, cela a duré huit ans, où je me suis forcément trouvé en première ligne du dialogue avec les médias.

FB : La célébrité se paie toujours, à un moment ou à un autre, même quand on ne la recherche pas forcément. Je sais ce qu'il en est, mais moi, en échange, je fais tout pour. J'ai animé des émissions de télévision, je publie des livres dont je parle dans les médias et, forcément cela crée des jalousies... jusqu'à des campagnes de dénigrement parfois. Dans ces cas-là, on compte ses amis sur les doigts de la main !

JMDF : C'est vrai ! Ceux-là mêmes qui me poussaient à monter au créneau sur certains dossiers critiquaient mes apparitions médiatiques, trop fréquentes à leurs yeux. Mais quand je leur proposais de s'exprimer à ma place, personne n'y allait.

FB : La calomnie. Voilà un sentiment peu chrétien ! Il est un sport dans lequel nous excellons en France, c'est de porter quelqu'un au pinacle et, une fois qu'il y est, de jouer au ball-trap pour le dézinguer. C'est à tour de rôle. Il y a de la place pour tout le monde à ce jeu de fabrication d'idoles que la société aura plaisir à détruire ensuite.

Te voilà Gapençais. Si je souhaite que tu célèbres mes obsèques à Paris, puisque j'y réside, peux-tu accepter ? On a le temps d'y penser, j'espère, mais étudions cette hypothèse.

JMDF : Bien sûr ! Personne ne s'opposera à ce que j'aille, à Paris ou ailleurs, célébrer le mariage – je préfère – d'un ami qui en a exprimé la volonté. De même pour les baptêmes ou les funérailles. C'est d'ailleurs le cas pour tous les prêtres. Simplement, la plus élémentaire des courtoisies, quand on est évêque, est de prévenir auparavant son confrère évêque du lieu.

FB : Une demande préalable ou une information ?

JMDF : Il ne s'agit pas d'une demande d'autorisation. C'est une simple question de politesse. « Je suis ami de telle famille et viens célébrer le mariage de son enfant. » Puis on appelle le curé du lieu, qui donne ce que nous appelons une « délégation » permettant d'officier.

FB : Tu étais également l'aumônier des artistes ?

JMDF : Non, jamais. On l'a beaucoup dit dans les médias, mais cela n'a jamais été le cas.

FB : Pourtant, souvent, tu as célébré les funérailles de comédiens, d'acteurs, de cinéastes.

JMDF : Oui, à la demande des familles ou du défunt avant sa mort. Certains peu connus, d'autres davantage. François Périer, Thierry Le Luron, Charles Trenet, par exemple, ou Maurice Pialat. Avec ce dernier, nous nous étions rencontrés au cours d'émissions de télévision et le courant était passé. De même avec Daniel Toscan du Plantier, qui n'était pas non plus un pilier d'église. Pourtant, il s'agissait bien d'amitié entre nous, de confiance, de respect mutuel.

FB : Et pour Jean-Luc Lagardère ?

JMDF : Son épouse a souhaité que je célèbre les obsèques de son mari. Cela intervenant après une campagne de calomnie contre moi, j'ai accueilli ce geste comme un témoignage de confiance, qui m'a beaucoup touché. On m'a reproché de ne célébrer que les obsèques de personnes connues. Lorsqu'il s'agit de personnes inconnues du grand public, on l'ignore, les médias n'en parlent pas, et je ne fais pas un communiqué dans la presse !

FB : Ceux qui te reprochaient tes relations te critiqueront-ils encore si des amis parisiens, des personnalités, t'appellent aujourd'hui ?

JMDF : Si je le peux, j'irai, sans tenir compte des médisances. J'ai lu des propos blessants parfois. Jusque sur ma coiffure et ma façon de m'habiller, alors que je vais chez le coiffeur du coin et achète mes vêtements, la plupart du temps, dans les magasins ecclésiastiques à l'occasion d'un voyage à Rome. Un journal bien pensant m'avait surnommé, dans un article, « l'évêque des petits fours ». J'étais étiqueté mondain, ce qui est faux. Ce n'est pas ma nature. Je n'aime pas les vanités du monde, les cocktails, les bals, les soirées et si je dois m'y rendre parfois, par devoir, je n'oublie jamais ce que je suis et ce que je représente aux yeux des autres. « Tous ces honneurs mondains ne sont qu'un bien stérile », disait Voltaire. J'ajouterai, incompatibles avec le ministère de Jésus.

FB : Le même Voltaire a écrit : « La religion existe depuis que le premier hypocrite a rencontré le premier imbécile. » J'espère que ce n'était pas de nous qu'il parlait ! Je voudrais dire à mon tour à ceux qui me font le reproche d'être mondain – est-ce vraiment justifié ? – que si je sors beaucoup, c'est pour étudier les choses du monde. Je vis mes soirées et mes nuits pour sonder la société humaine, pour devenir un bon étho-logue, spécialiste des mœurs et des manières ! Mais quand ce livre sera publié, nous allons réactiver les critiques.

JMDF : Bien sûr. J'imagine déjà certains commentaires du genre : « Il ne peut pas s'empêcher de se mettre en avant ! Il a encore trouvé le moyen de publier un livre. De plus il s'est acoquiné avec ce Beigbeder ! »

FB : Un snobinard !

JMDF :... envié et jalousé ! Tout ça je le sais, et je l'assume.

FB : Ce livre sera notre croix ! *(Rires.)*

CHAPITRE XVII

De la laïcité et de l'islam

FB : La question du rapport entre l'enseignant, l'élève et les parents est un vaste sujet récurrent, au centre du débat national. C'était déjà à l'ordre du jour à l'époque où tu étais éducateur. J'aimerais entendre ton avis sur cette relation tripartite, hier comme aujourd'hui. Peut-on, avec moins d'autorité, plus de respect, plus de – je ne sais pas comment il faut l'appeler – d'amitié, en tout cas de sympathie, parvenir à donner un enseignement efficace à l'enfant ?

JMDF : Certains ont le sens de ce que j'appellerais l'autorité naturelle, que d'autres n'ont pas. Dans ce dernier cas, il est nécessaire d'avoir un cadre, voire parfois un règlement un peu rigoureux qui compense la carence d'autorité. Même dans ce cadre, et lorsque c'est possible, l'autorité naturelle est le meilleur moyen que doit utiliser un bon pédagogue. Cette évidence étant énoncée, en reste une autre : il m'est difficile de parler de l'enseignement aujourd'hui puisque je ne suis plus éducateur depuis de nombreuses années. En revanche, ce que je peux dire pour l'avoir vécu, c'est à quel point Mai 68 a bouleversé le sens de l'autorité.

FB : Autant dans l'école privée que dans l'école publique ?

JMDF : Oui, bien sûr. Il y a eu le même bouleversement, quoique un tout petit peu plus tardif, au sein de l'école catholique. À titre d'exemple, laisse-moi te rappeler comment s'est déroulée cette évolution pendant ma période Bossuet. Elle ne s'est pas faite sans conflit. D'abord avec les sages, les anciens, avec certains membres du conseil d'administration ou même avec certains membres de l'association des anciens élèves. Nombre d'entre eux étaient scandalisés de nous voir mettre en place, dans le primaire, de nouvelles méthodes. Pour eux, l'école devait rester celle qu'ils avaient connue. Alors, en réponse à cet esprit nouveau que je participais à mettre en place avec mon équipe, des lettres anonymes parvenaient au directeur, des calomniateurs m'inventaient des relations intimes avec des enseignantes, au point que le père d'un élève, homme aux relations haut placées, qui néanmoins laissait son fils dans nos classes, avait obtenu qu'une enquête des Renseignements généraux soit menée sur moi. Ce qui fut fait, sans résultat satisfaisant pour l'initiateur. C'est dire combien toute réforme touchant à l'enseignement, et en l'occurrence à la relation élève/enseignant, se heurte à des carcans de conceptions souvent figées. On attend des pédagogues qu'ils innovent, qu'ils évoluent avec la société, souvent, hélas, à condition de ne rien changer.

À l'époque, nous n'avions rien inventé. Je dis nous,

car tout était décidé avec l'ensemble des enseignants. Nous mettions en pratique une méthode qui existait déjà depuis longtemps dans d'autres pays, notamment aux États-Unis et en Angleterre. Cela s'inspirait de toute la réflexion sur la psychologie et la pédagogie d'un universitaire américain, Carl Rogers. Une approche centrée sur la personne, prônant un enseignement non directif. Dans le même esprit, nous avions, en France, le mouvement lancé par Célestin Freinet. Sa conception reposait sur une pédagogie à engagement social, politique et philosophique, visant à conduire l'enfant vers une plus grande responsabilité et vers plus d'autonomie. Il a été considéré à l'époque, et aujourd'hui encore, comme un marginal, bien que les écoles issues de sa pensée soient agréées par le ministère de l'Éducation nationale. La grande majorité de la société française avait une perception de l'éducation qui ne passait pas par l'échange et le dialogue, mais par la seule autorité, et parfois même par la contrainte. À l'époque, la conception la plus répandue était de « dresser » les élèves, plus que de les éduquer, et le débat a opposé, durant des années, les « dresseurs » aux éducateurs.

Nous avons été considérés comme des « bafoueurs » de valeurs, et aujourd'hui, plus de trente-cinq ans après, la question demeure d'actualité : l'école est-elle faite pour l'enfant, ou l'enfant pour l'école ? Nous disions qu'elle est faite pour l'enfant qui doit être pris en compte en premier lieu. Bien sûr, l'enseignant doit maintenir certaines exigences, mais sa vocation ne consiste pas à surveiller une garderie ou une classe de permanence. Là encore, ce sont peut-

être des évidences. Sans faire de passéisme, il faut
se replacer dans l'esprit de l'époque pour évaluer les
conséquences que cette conception suscitait. Je pense
aux recommandations que je faisais aux enseignants :
ce qui est essentiel, c'est qu'à la sortie de Bossuet les
enfants sachent lire correctement, écrire et compter.
Si elle parvient à transmettre ces bases les plus importantes, si les enfants arrivent au lycée solidement
armés pour la suite, alors l'école primaire aura accompli sa mission. C'est aujourd'hui encore la préoccupation essentielle.

Bien sûr, certains enseignants récalcitrants, du primaire ou du secondaire, me reprochaient la curiosité
ainsi éveillée : « Avec vos méthodes, les élèves nous
harcèlent de questions, ils veulent sans cesse qu'on
leur explique tout... » C'était le résultat des préten-
dues mauvaises habitudes qu'ils prenaient à Bossuet.
Je rappelle que nous étions dans les années qui suivaient 1968. Sans aucun doute, aujourd'hui la question de l'école se pose encore autrement lorsqu'on
voit ce qui se passe dans certains établissements. Il
n'y a pas de modèles pédagogiques immuables ! La
pédagogie s'inscrit dans un type de société qui lui
aussi évolue en bien et en mal.

FB : Sans faire de passéisme, non plus, sur mon
époque Bossuet, j'ai le souvenir d'enseignants amis,
qui devenaient parfois même des proches de la
famille. Les élèves en éprouvaient d'autant plus de
respect que le rapport n'était pas basé sur l'autorité
rigide mais sur le dialogue, sur le langage amical.
C'était une révolution. Moi qui ai connu les deux
modèles d'éducation, je considère la relation copain

ou ami entre élève et enseignant bien plus saine que l'ancienne méthode, avec châtiments corporels publics ou privés. Dans les écoles religieuses, l'élève pouvait se retrouver seul dans le bureau d'un prêtre qui lui administrait une fessée, parfois cul nu, ce qui était plutôt malsain, voire pervers.

La religion ne doit pas faire la loi à l'école, et sur ce point, je me demande si l'école catholique n'est pas dépassée. Le message du Christ a été récupéré, peu à peu, par le système démocratique, fragilisant l'Église et l'enseignement religieux. Pour moi, le constat est positif : la démocratie reprend à son profit le message chrétien, de manière laïque, et le propage au monde entier.

JMDF : Tu soulèves deux questions. À la première, je répondrais non, l'enseignement religieux dans les écoles privées n'est pas d'une autre époque. Il démontre combien il est nécessaire, face à l'absence de culture religieuse dans l'enseignement public. Quant à la laïcité véhiculant l'héritage chrétien, pourquoi pas ? Le christianisme est porteur de valeurs. Si la société devient meilleure en les appliquant, même si elle les laïcise, j'applaudis. Dans cc cas, j'aimerais seulement que l'on en reconnaisse les origines.

FB : Ça changerait quoi, du moment que l'Église a perdu ?

JMDF : La question ne se traduit pas en termes de victoire ou de défaite de l'Église, mais en termes d'histoire et de culture. Je fais allusion au préambule de la Constitution européenne. Il a été élaboré en faisant mention de l'héritage des civilisations hellénique et romaine, l'héritage des courants philosophiques des Lumières, etc., mais rien sur les racines chrétiennes. Or le christianisme est le ciment, l'élément de cohésion de l'Europe. Qui peut ignorer ces chapelles, ces cathédrales bâties au cours des siècles, porteuses d'une culture millénaire à travers l'architecture ? Elles sont l'écrin des œuvres des plus grands artistes peintres, sculpteurs, qui se sont inspirés de l'histoire du christianisme et ont puisé dans l'enracinement de leur foi. Pourquoi oublier les grands prédicateurs ? Et pour élargir la réflexion au-delà de l'Église catholique, comment peut-on nier la loi de Moïse, fondement de nos règles de vie ?

La négation par omission du fait religieux revient à une falsification de l'histoire.

FB : Je le déplore au plan historique. Je ne pense pas que ce soit pour renier le respect et la gratitude envers la chrétienté, envers les religions, mais plutôt pour adopter une position d'ouverture face à l'entrée éventuelle, dans l'Europe, de pays à majorité non chrétienne. Voilà encore une preuve de ce que la démocratie internationale récupère subtilement le fonds de commerce de l'Église.

JMDF : Ce que tu nommes « fonds de commerce », ce sont les valeurs du christianisme. Qu'elles soient reprises par la société et qu'elles soient développées pour permettre une vie harmonieuse, dans la fraternité et le partage, est la preuve du rôle qu'a joué le christianisme dans l'histoire.

FB : Oui, mais à condition de respecter cette obsession française, qui est la mienne aussi, de ne pas mélanger la religion et l'État.

JMDF : Ce n'est pas pour autant qu'il faut s'ignorer. La laïcité, on l'oublie trop souvent, est née en réponse au cléricalisme qui tendait à subordonner l'autorité temporelle à l'autorité ecclésiastique. En 1881, Jules Ferry a instauré l'obligation de l'enseignement primaire et la laïcité. Il n'est plus question de cléricalisme depuis longtemps, et l'Église catholique s'est accommodée de la loi de 1905, comme l'ont fait aussi bien les protestants, les orthodoxes, les juifs. On ne peut pas dire que le principe de laïcité n'a pas été respecté.

J'aurais attendu du gouvernement français – fin 2003, début 2004 – qu'il fasse preuve de plus de courage dans sa position à l'égard du voile dit « islamique ». Les évêques se sont prononcés négativement par rapport à la loi qui interdit le port visible de signes religieux à l'école publique et dans l'administration. Nous étions contre. Le pape Jean-Paul II n'y était pas favorable non plus, jugeant que « la laïcité n'est pas le laïcisme ». Mais à partir du moment où il y a eu discussion sur cette loi, j'aurais souhaité que le gouvernement ait le courage d'aller jusqu'au bout, sans que cela aboutisse à une stigmatisation des musulmans. Pour aller plus loin dans la réflexion, le respect des lois républicaines ne consiste pas simplement à porter ou non un voile, c'est également respecter la femme dans son identité et ses choix personnels, ce qui n'est pas toujours le cas dans une certaine sphère musulmane.

Même si elles sont connues, les dérives sont souvent la conséquence de pressions extérieures, et de nombreuses femmes vivent sous la contrainte. Certaines jeunes filles portent le voile par obligation, d'autres vivent de manière sélective les activités scolaires, en refusant notamment de participer à l'éducation physique, dont la natation. Pour les épreuves, elles refusent que l'examinateur soit un homme, de même à l'hôpital public, pour les visites médicales. Il faudrait que ce soient des femmes qui les auscultent et les soignent. Ces mêmes médecins sont souvent sollicités pour établir de faux certificats de virginité. Des chirurgiens dénoncent les interventions consistant à recoudre les hymens. Pensons aussi aux mariages forcés... et la liste pourrait être longue.

Ce n'est pas la loi sur le voile qui va résoudre ces problèmes. Elle interdit les signes extérieurs et, pour ne pas désigner nommément un certain courant de l'islam, il a été fait un amalgame visant toutes les religions, alors que la loi n'en concernait qu'une, pour sa frange radicale et très minoritaire.

FB : Ce principe de laïcité est le même pour tout le monde : les religions doivent être absentes des établissements publics. Tu n'es pas pour qu'il y ait des croix accrochées dans les lycées publics ?

JMDF : Non, bien sûr. Mais rappelons pourquoi les évêques étaient contre cette loi. Ils ne craignaient pas que ceux qui portent une croix autour du cou n'aient plus le droit de le faire. Ils pensaient simplement qu'on ne réglera pas ce problème par le biais d'une loi. Pour ma part, je voudrais être sûr qu'elle soit respectée et ne devienne pas un encouragement à cristalliser les provocations, dans une sorte de pseudo-résistance héroïque.

FB : À la fin du XIXe siècle, la République s'est sentie menacée par l'Église, aujourd'hui les chrétiens ont peut-être le sentiment que la République est menacée par l'islam ?

JMDF : Les chrétiens, tu veux dire les citoyens ? Quels sont les mouvements féministes existants qui se sont mobilisés pour la défense des femmes musulmanes ? Tu en as vu beaucoup, à part la création nouvelle de Ni putes ni soumises ? Je suis frappé par ce silence, cet abandon. On a baissé les bras sur le fond du problème.

FB : Une chose m'a choqué quand j'animais « L'hyper show » : on pouvait faire des sketches contre Jésus, mais pas contre Mahomet. Comme si le seul racisme autorisé était le racisme antichrétien...

Le voile c'est quoi ? C'est une coutume, une mode, un refuge identitaire, une protestation d'adolescence, comme celles qui nous ont tous touchés, une revendication pudique de protection face à l'érotisation de la société, une radicalisation d'un courant de l'islam ?

JMDF : Porter le voile pour une musulmane, c'est montrer qu'elle est soumise à Dieu. C'est le sens même du mot musulman, « soumis ». Elle marque donc, aux yeux de tous, cette soumission et cette appartenance à sa communauté. Mais il existe autant d'interprétations et de discours que de femmes qui portent le voile. Et l'interdiction des signes visibles, ostensibles, ostentatoires dans l'enseignement public et l'administration a des limites difficiles à cerner. Que faire quand un homme se laisse pousser la barbe ? et quelle barbe ? Etc.

Il est intéressant de noter que de plus en plus de jeunes catholiques portent une petite croix autour du cou. Peut-être en réaction ? Peut-être pour affirmer une identité dans une société d'anonymat et d'indifférence ? Lorsque j'étais enfant à Marseille dans les années 1949-1950, j'appartenais à un groupe : le mouvement Cœur-vaillant, qui fonctionnait un peu sur le modèle scout. Nous avions des étapes à atteindre, couronnées par l'attribution d'une croix de couleur : une croix bleue, une croix rouge, etc. J'avais franchi une de ces étapes et arborais fièrement ma petite croix sur ma blouse grise, croix que le directeur de l'école m'a immédiatement fait enlever. C'était l'héritage de la loi de 1905.

FB : Aux États-Unis, la liberté d'afficher sa religion est totale. Il n'y a pas de loi interdisant l'expression publique des convictions, même lorsqu'il s'agit du Ku Klux Klan ou des néo-nazis, qui d'ailleurs ne se gênent pas pour manifester dans les rues, protégés par la police. L'effet pervers de ce libéralisme religieux ne contribue-t-il pas au repli communautaire ? Et sur ce registre, le fait de promulguer des lois n'at-il pas les mêmes conséquences que pas de loi du tout ?

Denis Tillinac a écrit *Le Dieu de nos pères, Défense du catholicisme,* un livre dans lequel il dit que nous avons tort, nous les Français, d'ignorer notre histoire avec la chrétienté et de faire comme si toutes les religions étaient équivalentes. Il ajoute, entre autres, qu'on ne devrait pas traiter l'islam comme on traite le catholicisme, parce que le catholicisme fait partie de l'histoire de notre pays et de l'Europe, ce qui n'est pas le cas de l'islam.

Comment réagis-tu à ce point de vue ?

JMDF : J'ai lu ce livre et j'ai, moi-même, du mal à accepter que l'on nie l'importance essentielle du christianisme dans notre société. Même quand cette négation se fait par le biais de l'omission volontaire, et ce constat va bien au-delà de la Constitution européenne. C'est une négation, ou un « oubli », que l'on justifie trop souvent par le principe de laïcité.

FB : Par esprit politiquement correct, par peur de se faire traiter de raciste ?

JMDF : Quelles qu'en soient les raisons, admettre ce reniement pourrait conduire à des absurdités : pourquoi alors conserver le calendrier grégorien, par exemple, qui chaque jour célèbre un nouveau saint ? Or toute la société laïque occidentale vit au rythme de la réforme calendaire du pape Grégoire XIII.

FB : Est-ce un bien ? Je suis définitivement pour plus de laïcité, même si la loi nouvelle est souvent comprise – notamment à l'étranger – comme une réaction de peur face à ce que certains nomment « la montée de l'islamisme ». Du coup, nous apparaissons comme un peuple presque raciste, à travers les votes d'extrême droite et l'interdiction du port du voile à l'école et dans les services publics. Il suffit d'entendre certains messages venus d'Orient, appelant à la lutte contre les croisés. Même si la Jérusalem d'aujourd'hui est l'un des nœuds du conflit israélo-palestinien, la ville sainte des trois religions monothéistes porte encore, pour les islamistes radicaux, la cicatrice croisée.

JMDF : Voilà comment on fait remonter l'histoire des conflits contemporains aux époques qui permettent, de manière partisane, de les légitimer.

FB : Quant à l'intégration, à laquelle on attribue tous les échecs, il s'agit d'une notion rejetée par les musulmans français. Comment parler d'intégration d'un groupe religieux ? Lorsqu'ils sont citoyens français comment, décemment, les considérer comme une population à part ? La réflexion est délicate, et à vouloir bien faire on bascule aisément dans la discrimination positive. Il faut néanmoins soutenir les musulmans ouverts et ce, au plan mondial. Beaucoup, notamment au Maghreb, disent : « Nous résistons au port du voile, ne nous laissez pas tomber. Ne nous lâchez pas. » Ils ont besoin de l'appui des démocraties pour envoyer un message aux intégristes et aux fanatiques.

Je remarque que le pape a condamné les croisades et adressé des excuses solennelles à la communauté juive, aux Indiens d'Amérique latine, etc. Pourquoi les plus hautes autorités musulmanes n'en font-elles pas autant ? Elles devraient demander pardon pour les infamies perpétrées au nom du Coran !

Je trouve la Turquie exemplaire en matière de laïcité. En interdisant le port ostensible de symboles religieux dans les établissements publics, la Turquie est parvenue à un système démocratique, de type occidental, dans un pays qui est musulman à quatre-vingt-dix-neuf pour cent. C'est encore une preuve – et l'on peut estimer que c'est un paradoxe – de ce que la loi, trop souvent considérée comme une atteinte aux libertés, force les gens à être libres. Néanmoins, les Turcs ont encore du chemin à parcourir : je n'oublie pas la soumission des femmes au mari et au clan familial, et tous les excès que cela entraîne là-bas.

JMDF : Le respect des lois ne suffit pas à écarter les dangers. Les fondamentalismes, les extrémismes s'enracinent dans le même terreau, dans le même désespoir. Les utopies du XXᵉ siècle, fascistes ou communistes, étaient des rêves que l'on vendait aux populations, comme celui qui consistait à débarrasser les hommes de Dieu. Ceux qui militaient dans ce sens y ont cru et l'ont fait croire. Ils prétendaient que la notion de Dieu devait disparaître. Pour eux, Dieu était mort. On connaît la suite !

FB : Ce choc frontal du siècle écoulé a débouché sur la révélation de ce que l'utopie communiste avait perdu face à l'utopie religieuse. Aujourd'hui on en a la démonstration. Le problème est que cette utopie religieuse est à son tour confrontée à l'utopie capitaliste. Il faut le souligner, il y a tout de même des chrétiens aux fêtes des partis communistes, dans les mouvements altermondialistes, dans les forums sociaux, etc.

JMDF : De nos jours, les extrémistes de toutes origines nous prophétisent le fameux « choc des civilisations » comme inévitable. Qu'en penses-tu ?

FB : J'estime que c'est une grave erreur. Il existe un choc qui se situe à l'intérieur de chaque religion, entre les intégristes et les progressistes. Il faut donc aider à l'intérieur des religions les courants ouverts, contre ceux des radicaux.

Mais je persiste à dire que, quand les sociétés évoluent et se modernisent, le fait religieux perd du terrain, pour ne plus être le moteur essentiel. On l'a vu en France, et plus largement en Europe, depuis un siècle.

Il me semble que les peuples sont beaucoup plus obsédés par la religion quand ils n'ont rien d'autre à se mettre sous la dent, quand ils sont face à une violence économique, à une sorte d'impression d'écrasement politique aussi, qui donne ce sentiment de domination occidentale. Le terrorisme devient alors le seul biais pour se battre. Voilà une raison supplémentaire pour militer pour la paix au Proche-Orient et aider les pays pauvres, c'est un des moyens de réduire les radicalités destructrices. Nous ne sommes plus au XIXᵉ siècle, où l'esprit chrétien rassurait les défavorisés de tous les pays en leur disant : « Résignez-vous. »

JMDF : Je te rappelle le sens du message du Christ et de l'Église, qui pousse à œuvrer pour réduire le déséquilibre entre les riches et les pauvres, et donc aujourd'hui, entre le Nord et le Sud, pour plus de justice sur cette terre, ce qui entraînerait moins de violence.

FB : Oui, mais nous avons aussi, parmi les chrétiens d'Occident, nos fondamentalistes. Certains d'entre eux vont jusqu'à dire que le terrorisme religieux est une nouvelle épreuve que Dieu nous envoie, et que l'islam même fait partie de ces épreuves.

D'autres se raccrochent à la messe en latin comme à leur foulard de soie et à leurs cheveux rasés, réaction passéiste, expression de panique face à l'évolution de la société et des mœurs. Sans oublier les intégristes juifs. On croit que tout sépare ces extrémistes disséminés à travers le monde, alors qu'ils se rejoignent dans leur orthodoxie, leur intolérance et même dans la violence de leur message.

JMDF : Il y a un réveil chrétien en Europe. La seule vertu que je trouve à ce réveil n'est pas qu'il soit né en réaction à la nouvelle et importante présence de musulmans en Occident, ainsi que le colportent souvent les médias, mais plutôt qu'il agisse contre cette sorte de tétanie, d'endormissement où se trouvent les populations chrétiennes. Je me réjouis de la redécouverte du message chrétien et de son incommensurable richesse.

FB : Notre richesse est avant tout notre liberté : que les femmes aient le droit de porter des minijupes, par exemple, qu'elles n'aient pas le visage voilé, qu'elles puissent travailler, que l'adultère ne soit pas l'objet de lapidation, que toute ma vie je sois libre de manger un sandwich au jambon sans que jamais ça ne pose de problème... (Je suis un dingue de charcuterie, comme beaucoup de Béarnais : jambon, saucisson, cochonnailles !) Et la liste peut être bien plus longue si j'étends la réflexion à toutes les religions.

Puisque ce qui est en place, sur le plan spirituel et religieux, crée plus de problèmes que de solutions, il faut alors se battre pour l'athéisme et la laïcité, qui sont des valeurs aujourd'hui menacées. Je prône donc, quant à moi, la mondialisation de la laïcité, qui pourrait se révéler à terme comme une solution aux conflits religieux. Malraux avait raison, finalement. Ce XXIe siècle est spirituel, mais s'il continue sur sa lancée, peut-être alors ne sera-t-il pas.

CHAPITRE XVIII

Des mœurs

FB : Tu as passé toute une vie au contact des hommes, tu as vu la société bouger, il ne t'aura pas échappé qu'un mouvement progressif de libéralisation des mœurs s'est opéré depuis Mai 68. La libération sexuelle des années soixante-dix a eu un effet d'entraînement qui a peut-être exacerbé une sorte de course au plaisir, plus effrénée que jamais. Comment ressens-tu cette évolution ? Est-ce un bien, est-ce un mal ?

JMDF : Je ne pense pas que l'on puisse apporter une réponse aussi manichéenne. Pour répondre à ta question dans les termes où tu la poses, je pense que le bilan de la libération sexuelle des années soixante-dix est plutôt négatif. Il faut déjà s'interroger sérieusement sur les conséquences que peut avoir, auprès de la jeunesse, ce que tu nommes « libéralisation des mœurs », « course au plaisir effrénée ». Vivre son adolescence à travers la violence pornographique, que mettent à la portée de tous les revues, les films, les réseaux Internet, m'inquiète. Il est urgent de rétablir

les repères, chez les jeunes, et de revenir aux fondements évangéliques qui sont propices à développer
une civilisation de l'amour. L'amour est ce que
l'homme a de meilleur en lui, dans sa générosité
envers son prochain comme dans la relation amoureuse entre hommes et femmes. Le romantisme naît
avec la puberté et l'éveil des sens, certes, mais si dès
cette période le jeune reçoit, comme unique information sur la sexualité, des images pornographiques ou
même simplement l'idée que tout est possible comme
je veux, quand je veux, je redoute les méfaits que
cela pourra avoir sur son comportement d'adolescent,
comme plus tard sur sa vie d'adulte et de couple.

FB : Tu crains que ces « dévoiements » encoura-
gent le machisme, la femme objet sexuel, les tour-
nantes, l'amour à plusieurs... ? Ne crois-tu pas
préférable d'affronter la vérité, d'exposer l'existence
de ces phénomènes plutôt que de s'en tenir à l'hypocrisie antérieure, alimentée par les religions ? De tout
temps l'érotisme, le libertinage et la pornographie ont
existé. De tout temps le sexe a mené le monde, c'est
une réalité qui s'étire sur toute l'histoire de l'humanité. Le sexe est constitutif de l'homme !

JMDF : Oui, mais il n'y avait pas Internet, le
matraquage quotidien dans les domaines que nous
assènent les médias. C'est avant tout la banalisation
du fait pornographique et de la sexualité, en direction
des jeunes, qui me semble lourde de conséquences.
Cette pornographie se trouve presque érigée en éducation parallèle chez les adolescents, dont la vie est

conditionnée par des images sexuelles. Ce qui était obscène autrefois contamine l'espace public aujourd'hui. Cela a commencé par la pub, qui déshabille la femme sur les affiches ou à la télévision. Ce n'est même plus banal, c'est devenu un must, une obligation. Bientôt les pub sans corps nus deviendront l'exception. À ces images, qui nous sont présentées comme esthétiques, est venue se greffer une surenchère, et l'on voit apparaître ces nus dans des attitudes de plus en plus suggestives, lascives, érotiques, pour les rendre racoleuses. Le phénomène est si quotidien que les « créatifs » sont contraints d'en pousser plus loin les limites. Plusieurs chaînes de télévision se sont mises à diffuser des films érotiques puis, progressivement, pour « fidéliser » certains spectateurs, des films pornographiques. Crois-tu qu'il est sain pour des enfants de douze, treize ans, de découvrir la sexualité à travers de telles images ?

FB : C'est peut-être un peu rude, comme initiation, j'en conviens. En revanche, je ne recommanderais pas de revenir à l'ancienne manière, qui consistait à taire ce sujet tabou à l'époque où les jeunes, dans l'ignorance de leur corps, ressortaient traumatisés de leurs premières expériences sexuelles. Je préfère les gros plans gynécologiques « vus à la télé » plutôt que l'ignorance, la frustration, la honte du sexe. Pour la cigarette, la société a pris conscience des méfaits du tabac et annonce son danger mortel sur les paquets. Dans les films pornographiques tournés récemment, les partenaires utilisent le préservatif, ce qui contribue à la lutte antisida.

JMDF : Ce n'est pas tout l'un ou tout l'autre. On peut imaginer des campagnes pour le port du préservatif sans passer par la pornographie.

Quand je réfléchis à ces excès, je me dis qu'ils viennent peut-être se substituer à un manque d'enracinement dans les valeurs religieuses et humaines.

FB : Les religions perdant du terrain, elles cèdent la place à un vide spirituel que l'homme s'empresse de combler par les choses du sexe, par la transgression qui est devenue la nouvelle norme. Il cherche ainsi à se rassurer par le contact des corps. D'où les clubs échangistes, l'amour à plusieurs. Tout corps est remplaçable par un autre !

JMDF : Quand je vois dans la presse le nombre de publicités consacrées à ces lieux d'« échange », j'en déduis qu'ils doivent rencontrer un certain succès. J'ai certainement une conception de l'amour, et de la relation entre un homme et une femme, trop idéaliste. Je ne peux pas comprendre comment un couple qui s'aime peut accepter de vivre de telles situations.

FB : Ce n'est pas « accepter », c'est un acte volontaire, pour aller chercher des sensations nouvelles.

JMDF : Avant même de porter un jugement en termes de morale, je le répète, je ne comprends pas ! Ce que tu appelles « libéralisation », je le nomme esclavage.

FB : Il s'agit de séparer le sexe de l'amour. Il y a toujours eu ce genre de comportement : la recherche du plaisir sexuel pur, si je puis m'exprimer ainsi. Mais l'Église s'en mêlait, la société l'interdisait, et on lapidait les pervers accusés de diableries en groupe. Ces interdits moraux sont d'un autre temps. Il faut laisser les gens vivre leur sexualité comme ils l'entendent, sans aller, bien sûr, jusqu'à rendre l'échangisme obligatoire ! On en prend le chemin. Dans certains milieux, si tu n'es pas échangiste, tu es ringard. Je laisse les autres libres de leurs actes, et que Catherine Millet ait eu envie, dans les années soixante-dix, au moment de la libération sexuelle, de tenter ce type d'expérience, qu'elle l'ait raconté dans un livre qui a passionné les foules, je trouve cela plutôt sain.

J'ai une théorie sur l'échangisme : les êtres humains en ont assez de la fidélité, et pour se débarrasser de ce concept contraignant, ils pratiquent de plus en plus l'adultère. Je t'ai déjà donné mon avis sur cette obligation contre nature qu'est la fidélité. Cette idée qu'il faut absolument rester toute une vie avec la même personne est devenue obsolète.

JMDF : L'adultère n'est pas l'échangisme !

FB : C'est un adultère sous contrôle des deux participants. Au lieu d'être une hypocrisie où chacun ment à l'autre, autant le faire avec l'autorisation de son conjoint et avec des partenaires que l'on ne reverra plus. C'est l'aboutissement ultime de la fidélité.

JMDF : Hélas, avant que d'être fidèle à l'autre, aujourd'hui on est, avant tout, fidèle à soi-même, à ses plaisirs ! Ta démonstration est remarquable, mais j'observe que tu m'as dit ne pas y sacrifier.

FB : Je n'y sacrifie plus, mais je ne condamne pas. Je trouve positif qu'il y ait de moins en moins de tabous. Le sexe est une activité tout à fait normale, sans laquelle nous ne serions pas là, il est bon de le rappeler, car les militants antipornographie oublient, trop souvent, que leurs parents se sont sauvagement interpénétrés.

JMDF : Et toi, tu oublies l'immense majorité qui a procréé par amour, sans sauvagerie. Moi non plus je ne condamne pas, je te l'ai dit, mais je ne comprends pas. Pas seulement ces pratiques, mais cet exhibitionnisme qui consiste, pour l'information des incultes comme moi, à aller livrer ses impressions sur un plateau de télévision, dans une émission pseudo-psy. Le fait, prétendument analysé sous l'angle sociologique, nous est présenté comme un débat sur les nouveaux comportements sexuels en Occident, de façon à donner un alibi aux images et à intellectualiser la forme. Les participants se prêtent aux interviews et ont accepté, auparavant, de se laisser filmer en situation. L'amour devient récréatif, au lieu de demeurer créatif.

FB : C'est dû à la force d'attraction irrésistible de l'écran. Rappelle-toi les paroles de l'Ecclésiaste : « Vanité, tout n'est que vanité. »

JMDF : Ce média exerce aujourd'hui le rôle qu'a pu jouer la religion auprès des peuples païens.

FB : Avec des dieux qui sont : la célébrité, la gloire, la richesse.

JMDF : À la question posée à des gamins sur la vision de leur avenir, certains répondent : « Je ne sais pas, mais je voudrais être célèbre. » Qu'en penses-tu ?

FB : En général ça va de pair, riche et célèbre. C'est le contenu du rêve que nous vend la télé à travers ses séries. Cette célébrité est devenue l'opium du peuple, en remplacement de la religion. Pendant des siècles, l'homme a cru en Dieu. Aujourd'hui il veut devenir Dieu.

JMDF : Oui, la célébrité confine à l'adulation, même à partir de concepts les plus bas. On enferme des gens dans une villa, sur une île ou dans une ferme, et s'ils font l'amour sous les caméras, l'audience n'en sera que meilleure. Le spectateur épie leurs obscénités, la famille ou des amis pris à témoin confessent les goûts intimes et sexuels du candidat et cela suffit à créer des stars ! Le mariage, la fidélité, l'amour sont mis au rancart, est prônée comme seule valeur la célébrité à n'importe quel prix.

FB : C'est la nouvelle religion. Le désir de gloire et de pognon est venu combler un manque.

JMDF : Au point que je me demande si l'argent compte autant que le besoin de reconnaissance. Dans notre société du métro, boulot, dodo, l'anonymat est tel que les moyens les plus inattendus sont utilisés. Sur les motivations des tagueurs, par exemple, beaucoup mettent en avant la volonté d'être identifiés, d'être reconnus, en marquant les murs et les esprits de leur signature. C'est leur façon de rester inoubliables. Pour exister, certains sont prêts à tout. À tuer, même. Souvenons-nous de cet homme qui a « exécuté » Bousquet. Il l'assassine puis se présente aux médias afin de leur avouer le meurtre ! Pour les « grands prêtres », les présentateurs de journaux télévisés, c'était une bénédiction. La télé exerce son magistère, dictant ce qui est bien et ce qui ne l'est pas. Autrefois, les gens se rassemblaient pour prier l'Angelus à midi. Aujourd'hui ils se réunissent devant l'écran du vingt heures. Ce n'est plus la prière qui ponctue la journée, mais les grands rendez-vous de la télé.

FB : Ce n'est plus la cloche qui appelle les ouailles à se retrouver devant l'autel, mais le générique qui réunit, en quelques secondes, des millions d'adeptes à travers tout le pays. De quoi laisser les prêtres rêveurs. Ce spectacle permanent d'images de télé, de cinéma, de jeux vidéo, de pub, forme la pensée.

JMDF : D'ailleurs, les termes de « grille » et de « chaîne » en disent long sur la relation entre le téléspectateur et son petit écran.

FB : J'y ajouterai « zapper », c'est le propre de ma génération et des suivantes. Ce réflexe s'est maintenant inscrit dans notre réalité, au point de ne plus savoir quand on zappe pour de vrai. Dans des dîners, lorsque je tombe sur un importun, je le zappe et je passe à quelqu'un d'autre. C'est devenu un tic que j'applique à tous les moments de ma vie. Idem pour les SMS, les messages téléphoniques que j'envoie comme de la mitraille. L'homme du XXIe siècle va de plus en plus vite, parce qu'il est pathologiquement impatient, impatient de consommer autre chose ou quelqu'un d'autre.

Cette consommation à outrance, y compris celle du sexe, les hommes de Dieu ne peuvent ni ne doivent l'ignorer. C'est un fait. Par exemple, as-tu déjà vu des films pornographiques ?

JMDF : Des extraits, oui. Comme tout le monde, je zappe aussi.

FB : As-tu été choqué de l'utilisation qui est faite du corps ?

JMDF : Oui. Et nous sommes, toi et moi, en grand décalage sur ce point.

FB : Il faut normaliser l'acte sexuel, qu'il ne soit plus frappé d'interdit ou de scandale. Pourquoi le diaboliser, le rendre grave ? Il m'est arrivé de vivre des moments très agréables avec des personnes dont je n'étais pas forcément amoureux. L'activité sexuelle n'est pas sacrée. Ce n'est qu'un geste comme un autre, pour prendre du plaisir.

JMDF : « Prendre du plaisir » ! Je ne peux l'entendre que par un apport mutuel de plénitude dans la relation amoureuse.

FB : Tes difficultés à comprendre les choses du sexe résultent, là encore, de ta méconnaissance du sujet. Tu n'es pas praticien !

JMDF : Mais d'autres « praticiens » partagent mon opinion ! Cependant, toutes ces questions que tu m'adresses ne cachent en fait que tes silences, des points que tu sembles ne pas vouloir aborder. Je n'hésite pas à dialoguer sur des sujets presque scabreux quand toi, tu te gardes bien de te livrer.

FB : Le secret de la confession me protège, contrairement à l'impudeur de la littérature. Donc je peux tout t'avouer. C'est vrai que dans un lointain passé, j'ai voulu connaître des expériences en clubs échangistes. Tu sais ma curiosité ! J'ai essayé de nombreuses choses dans ma courte vie.

JMDF : Une fois ta curiosité « assouvie », y es-tu retourné ?

FB : Oui, mais je te l'ai dit, c'est du passé. Je ne suis pas un exemple de libertinage, même s'il m'est arrivé d'avoir plusieurs fiancées à la fois quand j'étais célibataire. Il y a des côtés excitants dans le jeu sexuel sans sentiment, uniquement pour l'acte. C'est généralement mieux quand il y a de l'amour, bien sûr, et dans ce cas ça devient un événement qui prend une tout autre importance. Au point que, parfois, un homme trop amoureux ne parvient plus à bander !

JMDF : Cette grande tolérance que tu as pour les autres, l'as-tu pour toi ou tes proches ? Accepterais-tu de voir la femme que tu aimes dans les bras d'un autre ?

FB : Comme je suis d'un naturel plutôt pessimiste, si jamais cela devait arriver, je préférerais être informé.

JMDF : Serais-tu jaloux ?

FB : Bien sûr. Je suis jaloux et possessif. Je sais, je prône le libéralisme des mœurs, je dis et pense que personne n'appartient à personne, et dans le même temps j'exprime des sentiments petits-bourgeois. Je ne suis pas à une contradiction près ! Dès lors que je suis amoureux, je devrais pouvoir accepter le bonheur d'une femme que j'aime, même si cela doit passer par un autre homme. Si j'aime cette femme, ce n'est pas pour qu'elle m'appartienne, c'est pour qu'elle soit heureuse. Peut-être est-ce de l'inconscience, mais je trouve que l'exigence de fidélité entraîne la frustration, une douleur qui me paraît inutile. Tout cela n'empêche pas l'amour et le respect de l'autre. Donc, si ça la rend heureuse, oui, j'accepterais qu'elle trouve du bonheur avec un autre homme. Enfin, théoriquement ! Pour être plus précis, je ne souhaite pas être confronté à une telle réalité.

JMDF : Tu ne sembles pas très convaincu de ce que tu avances et j'en suis heureux. Je me réjouis de voir se détériorer ton image de libertin nihiliste.

FB : Je ne parle pas d'expérience, donc tout demeure hypothétique. J'ai bien conscience que ce serait dur à avaler.

Nous avons déjà abordé la question de la fidélité dans le chapitre « société », mais j'y reviens un instant pour insister sur des réalités qu'il ne faut pas se cacher. Dans notre civilisation du désir éphémère, il n'est pas impossible qu'on se lasse du corps de quelqu'un, que l'on aime pourtant, et qu'on aille voir ailleurs, comme on consomme deux produits à la fois. Yaourt et crème caramel, simultanément ou en alternance. Je me rends bien compte que c'est triste à dire, c'est pourtant un état de fait. Aujourd'hui, l'amour est de plus en plus bref, les couples se séparent facilement, et je suis persuadé que le désir est, tout autant, une denrée périssable qui décline avec le temps.

Dieu nous a créés, paraît-il, à son image. Aussi, profitons de notre corps, qui est une chose divine, magnifique, sans en être esclave pour autant. Et si le sexe peut conforter l'amour, tant mieux !

JMDF : Il est regrettable de confondre amour et désir, et je suis choqué de constater que tu parles de « l'autre » comme d'un objet de plaisir. Une personne n'est pas une chose.

Tu joues avec l'expression « l'homme à l'image de

Dieu » pour argumenter, alors que chacun sait que le sens de cette métaphore ne concerne pas l'usage du corps.

Certains utilisent leur corps comme le ferait un animal qui a envie de dormir et qui dort, a envie de manger et qui mange, en ne réagissant qu'à ses pulsions instinctives. L'homme n'est pas cela, tout de même ! Nous avons l'intelligence, la raison, le contrôle.

FB : Peut-être nous faudrait-il un peu moins de morale et accepter davantage notre animalité.

JMDF : Cette « animalité », et je te laisse le choix de ce mot que je n'aime pas, cette recherche du plaisir absolument, du plaisir, pas du bonheur, éloigne les hommes de Dieu... à moins que ce ne soit du fait de la distance prise avec Dieu qu'ils retrouvent leur comportement animal. Le commerce du corps, considéré comme une marchandise, parvient aujourd'hui à des degrés jamais atteints. Jamais la prostitution n'a revêtu une telle importance, avec des sujets de plus en plus jeunes, déferlant du Nord, de l'Est et d'Afrique. Peut-être alors cette morale chrétienne que tu dénonces protégeait-elle des adolescents de pays moins riches que le nôtre.

FB : Je suis contre cet esclavage, contre la traite des filles, mais si, en revanche, je suis favorable à la réouverture des maisons closes, c'est pour que la prostitution puisse être mieux contrôlée, comme c'est le cas en Hollande, en Allemagne, etc., réduisant ainsi le risque de voir les filles sous la coupe de souteneurs. Je suis pour qu'on permette toute activité sexuelle entre des personnes adultes, tant qu'elles sont consentantes. De la même manière, je suis favorable à l'expression de la pornographie et à la présence de sex-shops. Quant à l'argument qui consiste à dire que, en banalisant le sexe à la télé et en boutiques spécialisées, on réveille de nouveaux malades mentaux violents, sans être criminologue, on peut affirmer le contraire avec autant de certitude. Si les pervers satisfont leur folie en voyant des images, des vidéos X, peut-être cela les empêche-t-il de passer à l'acte.

JMDF : J'ai pourtant l'impression qu'il y avait moins de tueurs en série il y a cinquante ans.

FB : Les faits divers étaient moins médiatisés... Ce sont des hypothèses intuitives que j'avance. Je ne prétends pas être spécialiste. Ce qui me paraît sûr, c'est qu'une chape de plomb, où tout est caché, est certainement plus malsaine que l'exhibitionnisme actuel. Il me semble qu'il y a un aspect plus dangereux dans le silence que dans la transparence.

Si l'on prend l'homosexualité, par exemple, combien d'hommes et de femmes ont vécu de graves problèmes psychologiques en refoulant ou en cachant honteusement leur amour du même sexe. Aujourd'hui heureusement, en Europe, ils et elles peuvent s'épanouir au grand jour, occuper des postes à hautes responsabilités, être élus maire, député, sénateur, ou nommés ministre. C'est dire combien l'acceptation de l'autre et de ses différences a évolué.

JMDF : C'est vrai, et j'ajouterai combien l'homophobie doit être dénoncée. Ce qui me gêne, ce sont les démonstrations de militantisme et cette volonté de faire croire à la société qu'un couple hétérosexuel et un couple homosexuel sont en tout point pareils.

Une famille, c'est un homme et une femme, et non deux hommes ou deux femmes. Tout, dans la nature, n'est que complémentarité pour donner la vie. L'association des semblables est stérile. Les homosexuels n'ont pas choisi de l'être et ne méritent en rien l'exclusion ou l'agressivité.

FB : Tu leur dénies donc le droit de s'aimer, le droit de vivre en couple, le droit de se marier ?

JMDF : Qui suis-je pour cela ? Que des personnes de même sexe s'aiment, que cela dérange ou non, c'est une réalité. Néanmoins, plusieurs aspects me freinent dans l'acceptation de tout en bloc : le couple, le PACS, le mariage et surtout l'adoption d'enfants... c'est ma première interrogation. On peut comprendre qu'ils éprouvent le désir d'en élever, qu'ils aient des enfants d'une relation antérieure hétérosexuelle et qu'ils les amènent à l'âge adulte. Cependant, je continue à penser qu'un enfant, pour évoluer dans l'harmonie, a besoin d'avoir à ses côtés sa mère et son père, et non deux femmes ou deux hommes. On parle de droit, mais que faisons-nous des droits de l'enfant ? Nous n'avons pas encore assez de recul pour affirmer qu'il n'y a aucune conséquence sur l'équilibre d'un enfant élevé par un couple homosexuel.

Quant au mariage, n'en parlons pas. Le discours de politiques qui y sont favorables me paraît démagogique. Il est possible d'élargir le champ des lois existantes pour éviter que soient pénalisées l'une ou l'autre des personnes qui ont fait le choix de vivre ensemble. Mais il est déplacé de parler de mariage, qui a un tout autre sens dans la société comme dans l'Église.

FB : Pour l'enfant, du moment qu'il est aimé, je pense qu'il s'en sortira. Sur ce point je suis plus optimiste que toi. En revanche, qu'un couple homosexuel ait le désir d'élever des enfants, d'en adopter, de se marier, là je suis comme toi, pour d'autres raisons peut-être, j'éprouve une réticence. Je ne comprends pas qu'étant homosexuel, mouvement gay plutôt en rébellion, on veuille vivre comme un couple bourgeois, hétéro classique. Sauf à penser qu'il s'agisse d'intérêts économiques, fiscaux, de retraite ou d'héritage. Ce qui est déjà beaucoup moins romantique.

Jean Genet se retourne dans sa tombe !

Je sais bien qu'ils peuvent s'aimer et que quand on s'aime, on a envie d'aller plus loin avec l'autre, de bâtir une vie à deux. S'ils sont heureux ainsi, je n'ai rien contre. Et je déplore qu'ils soient rejetés par l'Église.

Finalement, quand on voit les ravages que cause le couple hétéro depuis des siècles, peut-être devrions-nous tous militer pour le mariage gay !

JMDF : L'Église ne rejette pas les personnes homosexuelles. En revanche, elle ne reconnaît pas le PACS et encore moins le mariage des homosexuels. De plus, nous n'accordons pas le même sens au mot « mariage ». Quant à désigner des groupes d'êtres humains par leur sexualité, c'est réduire la complexité de tout être humain.

FB : Chez les anglicans, il y a bien un évêque homosexuel. Des mariages homos sont célébrés.

JMDF : Il est vrai que nous sommes parfois confrontés à des situations délicates, surtout lorsqu'elles concernent des enfants. Je m'explique : dans mes relations hors Église, un jour, un homme a demandé à me parler discrètement. Il m'a expliqué qu'il vivait avec un ami. Ils voulaient ensemble adopter un enfant. La loi ne l'autorisant pas pour un couple homosexuel, il avait fait la démarche tout seul. Il m'a dit : « Je suis chrétien, j'ai la foi et je voudrais que mon enfant soit baptisé parce que je veux lui donner une éducation chrétienne. »

Devais-je lui dire non et tourner les talons ? Je l'ai écouté, accueilli et fait ce que j'ai cru devoir faire. L'enfant n'est pas responsable d'une situation que l'Église désapprouve. Ces cas vont être de plus en plus fréquents. Un jour, les couples homosexuels pourront adopter des enfants, j'en ai la conviction, c'est ce vers quoi tend la société, même s'il y a des résistances aujourd'hui et même si je ne l'approuve pas.

FB : Tu vas donc baptiser des enfants adoptés par des couples homosexuels ?

JMDF : Je ne sais pas ce que je ferai si d'autres cas se présentent, mais cet enfant, je l'ai baptisé. J'ignore ce que d'autres décideront. Je ne me vois pas refuser de célébrer un baptême, dès l'instant qu'il s'agit d'une démarche de foi et que ceux qui en font la demande s'engagent à donner à l'enfant une éducation chrétienne.

FB : Tu es, par conséquent, en désaccord avec l'Église.

JMDF : Pas du tout. Elle nous laisse face à notre jugement. Mais pas de concession. Il faut être clair : « Vous venez demander le baptême pour un enfant que vous avez adopté. Il n'est pas responsable de votre situation, je n'ai pas de raison de refuser, néanmoins n'allez pas en conclure que l'Église accepte votre situation. Elle ne la reconnaît pas. »

FB : Un peu comme pour le remariage de divorcés. Il y a des arrangements avec le Ciel.

JMDF : Il n'y a pas de remariage de divorcés ! Le prêtre accueille le couple pour l'aider à vivre sa foi, même dans une situation que l'Église n'accepte pas.

FB : Je trouve tout ça très bien, mais c'est la preuve de l'hypocrisie d'une Église Ponce Pilate, qui ferme les yeux pour ne pas se prononcer.

JMDF : Là encore, non. Il y a la « loi » de l'Église et les situations concrètes, individuelles, dans lesquelles se trouvent des personnes que nous avons le devoir d'accompagner. Si l'Église, sans concession, accepte d'accueillir des personnes qui vivent des situations qu'elle n'admet pas, l'Église est taxée d'hypocrisie. Si elle les rejetait, elle serait accusée d'être une mère sans cœur.

Sa position sur le PACS est claire, comme je l'ai dit, elle est contre. Ensuite, il y a les situations concrètes à gérer, en particulier celles des enfants.

FB : Et l'homosexualité dans l'Église ? Et la pédophilie ? Les chrétiens commencent sérieusement à s'inquiéter. Ils ont l'impression que les cas sont de plus en plus nombreux. Une grand-mère envoyait ses enfants au catéchisme, il y a cinquante ans, sans penser à un risque quelconque. L'idée ne l'effleurait même pas. Or aujourd'hui, pour ses petits-enfants, elle est inquiète.

JMDF : Pourtant ce sont les mêmes hommes. C'est parce qu'on en parle davantage et c'est très bien. Rappelons tout de même qu'il ne faut pas confondre homosexualité et pédophilie. Ne contribuons pas à faire l'amalgame.

FB : Certes. Mais alors, dans l'Église apostolique et romaine, que se passe-t-il lorsque la hiérarchie apprend que des prêtres ont des relations homosexuelles ?

JMDF : Il se passe la même chose que s'ils ont une liaison avec une femme. Ils sont placés devant leurs responsabilités et doivent mettre de l'ordre dans leur vie s'ils veulent continuer à exercer leur ministère.

Dans le cas d'une histoire d'amour avec une femme, certains prêtres ont fait le choix d'épouser celle qu'ils aimaient.

FB : Concrètement, tu apprends qu'un prêtre a une liaison, avec un homme ou avec une femme. Il te l'a dit. Que fais-tu ?

JMDF : Ma première démarche sera de le recevoir sans le juger ni le condamner, et de l'entendre. Je vais lui recommander de s'en ouvrir à son conseiller spirituel, pour qu'il l'aide à avoir une vie conforme à sa vocation. En aucun cas je ne fermerai les yeux ni ma porte. Je peux le déplacer pour qu'il se trouve éloigné de l'autre personne. Ceci est encore le cas le plus simple. Mais quand il y a un enfant né d'une relation, l'absolue priorité sera, comme on l'a vu, de l'élever, et pour ce faire de quitter le ministère.

FB : C'est un sacré dilemme pour le prêtre. L'Église ou la porte !

JMDF : Ce n'est pas si tranché. L'Église ne se désintéresse pas de ceux qui font le choix de ne plus exercer leur sacerdoce, qui lui ont donné une partie de leur vie. Dans certains cas, elle les aide de manières diverses. Pour l'intéressé ce n'est pas sans répercussions intimes et profondes, il est vrai. Encore une fois il y a surtout l'enfant, pour lequel les conséquences de l'abandon peuvent être graves.

FB : Je pose toutes ces questions pour rétablir un certain équilibre. Depuis des siècles, l'Église nous dicte le bien, dénonce le mal, nous donne des leçons sur notre sexualité, du coup les laïcs, croyants ou pas, se sentent autorisés à exiger une certaine exemplarité des gens d'Église.

JMDF : Ils ont raison. Être prêtre entraîne une responsabilité d'exigence. Cependant, il peut arriver aux prêtres aussi d'être faibles, car ce sont des êtres humains comme les autres.

FB : Ce que demande l'Église au commun des mortels est devenu quasiment impossible, compte tenu de la libéralisation des mœurs et, comme je te l'ai déjà dit, *a fortiori* pour les prêtres.

JMDF : Sans vouloir minimiser les fautes, cessons de donner de l'Église une image qui ne correspond pas à la réalité. Les questions que tu as soulevées, qui touchent aux mœurs, ne sont pas nombreuses. Prenons le problème de la pédophilie, puisque je sens que tu veux y venir et que c'est le plus grave : actuellement, la France compte environ vingt mille prêtres et il doit y avoir une quinzaine de cas constatés. Quinze cas de trop, bien sûr.

Cela nécessite de l'Église qu'elle soit encore plus exigeante, plus vigilante. Ces affaires n'étaient pas ébruitées il y a quarante ou cinquante ans par exemple, aussi bien dans l'Église que dans tous les milieux éducatifs. Aujourd'hui on en parle, et la presse relate largement les procès. C'est sain, et cela témoigne de l'évolution de la société, qui a pris conscience de la gravité de tels faits. Ce n'était pas le cas dans le passé. Dans l'Éducation nationale, comme dans l'Église, on se contentait de déplacer les fautifs, sans savoir qu'un pédophile recommence de manière irrépressible, quasi maladive.

FB : Donc la responsabilité de l'évêque, ou de toute hiérarchie, est de ne couvrir, en aucun cas, de tels faits par le silence ?

JMDF : Évêque ou pas, toute personne qui a connaissance d'actes de pédophilie, dans l'Église comme dans la société civile, doit le dire, c'est la loi.

FB : Un problème demeure pourtant. Le secret de la confession.

JMDF : La règle est claire : il n'est pas question de trahir le secret de confession. Le prêtre doit convaincre celui qui s'est ouvert à lui de sa faute, afin qu'il aille déposer chez le procureur de la République. S'il n'a pas la force, le courage de le faire seul, il faudra l'y accompagner.

FB : Dans le cas de l'aveu d'un meurtre, par exemple, le confesseur doit toujours respecter le secret ?

JMDF : Bien sûr. Si l'on commence à introduire une exception, que restera-t-il de la confession ? En revanche, il est impossible de couvrir de tels actes quand on en a connaissance. Et c'est tout le dilemme. Tout devra être mis en œuvre pour que le coupable se dénonce.

À ce propos, je voudrais apporter une précision : un prêtre ne se confesse jamais à son évêque. De même dans un séminaire, le supérieur ne confesse jamais les séminaristes. C'est une règle, dans l'Église, que l'on peut comprendre aisément : il ne faut pas que celui qui est en charge de l'autorité se trouve en situation de pouvoir abuser de ce rapport hiérarchique pour obtenir des informations sous couvert de confession.

FB : Prenons néanmoins le cas d'un prêtre qui vient te faire des aveux, ou supposons que tu découvres incidemment une situation de pédophilie.

JMDF : J'essaierais d'abord de savoir ce qu'il en est vraiment, au-delà des rumeurs ou de dénonciations anonymes. Ensuite, je ferais tout ce qui est en mon pouvoir pour protéger l'enfant, et demanderais au fautif d'aller se dénoncer.

FB : S'il ne le veut ou ne le peut pas ?

JMDF : Je ferais tout pour l'y contraindre. Autrement, je serais obligé de le signaler moi-même au procureur.

FB : Et tu irais chez le proc ?

JMDF : Oui, j'irais. Ainsi, la conscience et la loi se rejoignent. Il y va de ma responsabilité. Auparavant j'aurais tout tenté, bien sûr, mais s'il ne se dénonce pas, je serais dans l'obligation de le faire.

Le problème est que le fautif, sachant que celui à qui il se confie doit l'amener à se livrer à la justice, va hésiter à en parler, alors que cela pourrait l'aider à sortir de sa misère morale et de la situation dans laquelle il s'est placé.

FB : Généralement, ce n'est pas le pédophile qui, bourré de remords, va se dénoncer, hélas.

Qu'est-ce qui est privilégié dans l'esprit de celui qui reçoit l'aveu : la loi ou le secret de la confession ?

JMDF : La réponse est qu'il doit respecter le secret de confession en faisant tout, j'insiste bien, tout pour amener le fautif à se dénoncer.

FB : Mais tu m'as bien dit qu'à titre personnel, si on vient t'avouer un délit ou un crime et que tu ne parviens pas à convaincre la personne de se dénoncer, tu le feras toi-même. Avec cette nuance très subtile et d'importance tout de même entre : le fautif est venu en parler de lui-même à un prêtre et ce n'est pas le secret de la confession, donc l'abbé peut aller voir le procureur, ou bien, le fautif est venu voir le curé en invoquant le secret de la confession, et dans ce cas, le confesseur ne peut pas le dénoncer. Il est obligé de privilégier la confidentialité alors qu'un crime a été commis ! C'est d'un autre temps là encore !

JMDF : Ce n'est pas si simple. On ne peut pas aborder la question seulement de manière théorique. S'il m'arrivait d'être confronté à un cas concret, j'aviserais de ce qu'il y a lieu de faire avec, pour absolue priorité, la protection des victimes.

FB : Et l'épisode douloureux que tu as traversé ? La calomnie t'a frappé comme elle a éclaboussé des gens de Toulouse ou d'Outreau.

JMDF : Ces événements que tu cites, comme d'autres d'ailleurs, font resurgir en moi le cauchemar que j'ai vécu. Je suis un homme cassé et ce malgré les centaines de témoignages de soutien que je continue de recevoir. Tout et son contraire a été dit et écrit dans la presse et dans des livres, sur le sujet. Je me suis exprimé à l'époque. Que je me taise ou que je parle ne changera rien à l'opinion de chacun. Aujourd'hui, je n'ai plus envie de polémiquer.

CHAPITRE XIX

Écrivain aujourd'hui

JMDF : Il y a trois chapitres de cela, tu m'interrogeais sur la fonction d'évêque. En cette fin de livre, je voudrais en savoir plus sur l'écrivain que tu es.

FB : Ce n'est pas parce que j'ai écrit quelques livres que je suis un écrivain. Je me sens auteur parce que je suis, en effet, l'auteur de quelques bouquins qui ont été publiés. Je laisse aux autres le soin de dire si je suis un écrivain.

JMDF : Tu réserves cette qualification d'écrivain aux Montaigne, Rousseau, Hugo et autres génies de la littérature. Mais alors, quand au cours de tes nombreux voyages tu dois remplir une fiche d'hôtel ou de police, qu'inscris-tu dans la case « profession » ?

FB : Aujourd'hui je suis éditeur, puisque depuis janvier 2003 j'œuvre à la direction littéraire de Flammarion. Je suis également critique littéraire au magazine *Voici* et j'en ressens une grande fierté. Autrement, dans mon récent passé, j'ai été publicitaire et animateur de télévision.

JMDF : Communicateur politique aussi. Cela fait de nombreuses cordes à ton arc. Comment fais-tu pour coordonner toutes ces activités ?

FB : Ce n'est pas toujours simple. J'essaie de cloisonner. En tant que critique, par exemple, je ne traite jamais des livres parus chez l'éditeur qui m'emploie. Ni directement ni indirectement. Je m'explique : quand Maurice Dantec a publié un roman chez Gallimard, j'aurais pu en parler puisque ce n'était pas une publication Flammarion, mais comme, dans le même temps, paraissait un autre livre de lui chez Flammarion, je me suis interdit de traiter de l'ouvrage Gallimard. Tu vois comme c'est compliqué !

JMDF : Il ne fait pas bon être un de tes auteurs, interdits de critique dans tes colonnes.

FB : Cela fait partie du contrat moral que je passe avec eux. Autre exemple : je suis membre du jury du prix de Flore. Le livre de Pierre Mérot *Mammifères*, aux éditions Flammarion, a obtenu ce prix en 2003, mais je me suis abstenu de voter. Les autres membres du jury, parce qu'ils adoraient l'ouvrage, l'ont couronné. Bien sûr, les esprits mal intentionnés ont conclu : Beigbeder décerne son prix à son auteur. Mais ce n'est ni mon prix ni mon auteur. Rien ne m'appartient. Je ne devrais pas exercer tant de métiers à la fois, puisqu'on confond ma boulimie avec de la corruption.

JMDF : Ne te sens-tu pas à l'étroit dans ta liberté ?

FB : Un peu, je l'avoue. Les règles que je me suis fixées limitent cette liberté.

Ce qui me gêne dans l'explication que je te donne,

c'est qu'elle peut passer pour l'étalage orgueilleux d'une certaine déontologie, à laquelle je suis sincèrement attaché, comme si je voulais paraître pur, alors que je ne le suis pas, pas plus que je ne suis puritain ou vertueux, bien au contraire. Je trouve du plaisir à accepter une dose d'impureté dans ce milieu littéraire où je ne suis pas tenu d'être exemplaire, contrairement à toi ! J'adore les textes, j'aime les écrivains, mais j'apprécie tout autant ma liberté à « descendre » les livres ou les auteurs qui ne me passionnent pas, à polémiquer sur le style et sur le rôle du roman aujourd'hui, etc. Je suis choqué de voir agir ceux qui abusent du « cumul des mandats » d'écrivain-critique-éditeur, pour défendre dans la presse des livres qu'ils ont édités.

Ce n'est pas pour autant que je suis un modèle de vertu ou que je cherche à l'être. Je m'oblige simplement à respecter un minimum d'honnêteté.

JMDF : Mais tes principes ont aussi un effet inverse. Si tu ne couvres pas de louanges les textes que tu édites, tu t'interdis implicitement d'en dire du mal !

FB : C'est vrai. Néanmoins, si je les ai édités, c'est logiquement parce que je les trouvais bons. En revanche, parmi les ouvrages dont je ne suis pas l'éditeur, mais qui sont publiés par Flammarion – une énorme production –, il y en a parfois que j'aimerais « démolir ».

JMDF : Tu as dit avoir écrit *99 francs* pour te faire virer. Tu récidives ici ?

FB : Peut-être. Je sais que ça va très vite dès qu'on critique son employeur.

JMDF : C'est une simple question de bon sens. Dès lors que tu éreintes publiquement celui qui te salarie, tu t'exclus de toi-même. Quand tu te refuses à écorcher les livres que tu détestes, publiés par la société qui t'emploie, est-ce de l'honnêteté, la crainte de te faire virer ou un peu des deux ?

FB : Je suis un professionnel du « crachat » dans la soupe, donc à ce titre je pourrais me débrider comme les « Guignols », par exemple, qui sont souvent féroces avec la direction de Canal +. Il ne faut pas non plus trop entrer dans une attitude de respect, voire de soumission, envers son patron, car lui aussi peut être remis en question. Le droit de grève existe, les syndicats également ont le droit de critiquer leur employeur, en l'occurrence, je trouve ça plutôt sain.

Si, donnant dans l'insolence par principe, je flinguais l'entreprise qui m'emploie pour rester fidèle à une certaine image répandue de moi, je pense que cela ne serait pas un exemple de liberté, mais plutôt de gesticulations stériles.

Quant à Grasset, la maison qui édite les romans dont je suis l'auteur, je n'hésite pas. Je critique très librement les ouvrages qu'elle publie, et j'en « descends » pas mal. On peut donc conclure qu'il ne fait pas bon être un de mes amis ou en tout cas me fréquenter, de crainte de se faire « descendre » pour servir d'alibi à ma liberté.

Dès lors que j'accepte cette règle du jeu pour moi, je comprends que d'autres aient la même attitude envers moi. Et je t'aurai assez prévenu pour ce livre où nous nous commettons ensemble. Attends-toi aux pires critiques.

JMDF : Tu t'accommodes aisément de tes contradictions.

FB : Certainement. Je suis fait de contradictions. « I am large, I contain multitudes », dit Whitman. Mais j'ai tenu à me fixer des principes parce qu'il est compliqué d'être critique et éditeur à la fois, parce que c'est une exception française et qu'il ne faut pas en abuser, enfin parce que la critique m'a appris bien des choses sur le jugement d'un texte. Je pense, par conséquent, que le critique est plutôt compétent, en tant que lecteur, pour juger d'un texte à éditer.

JMDF : Si tu devais faire un choix, que préférerais-tu être : écrivain, éditeur ou critique ?

FB : De ces états ou professions, je souhaiterais sans hésitation devenir écrivain. Je me tiendrais informé de l'actualité littéraire, je côtoierais d'autres auteurs et surtout, je continuerais de lire le plus de livres possible. Mais ce n'est qu'une hypothèse puisque je reste boulimique.

Je dis un « état » parce qu'il m'est difficile de considérer l'écriture comme un métier. Pour moi, c'est une chance ! Écrire, être édité, rencontrer un public à travers ses propres ouvrages : c'est une chance.

Être prêtre, est-ce un métier ?

JMDF : Non, une vocation. Comme s'exprimer à travers l'écriture peut être une vocation aussi.

FB : Nous avons, en effet, cela en commun. Lorsque je dis dans ce livre que Dieu est la littérature, c'est comme pour toi, quand tu cherches en Dieu autre chose que la vie simple, vécue au quotidien, sans se poser de question. Quand je lis des grands textes ou que je parviens à écrire un paragraphe qui me paraît réussi, alors je me sens un peu plus qu'un animal.

JMDF : Dans tes multiples activités, comment considères-tu celle de communicateur politique, tel que tu l'as été aux élections présidentielles de 2002 ? Pourquoi avoir accepté d'être le conseil en communication du secrétaire général du Parti communiste, Robert Hue ?

FB : Tout a commencé avec ce livre *99 francs*, où je me suis beaucoup élevé contre le monde dans lequel nous acceptons de vivre sans trop nous plaindre. J'y dénonçais cette société qui s'autodétruit, selon moi. J'y pourfendais la frénésie de ces actes d'achat, provoqués par la publicité qui contribue largement à la transformation de notre environnement en décharge publique. Ce pouvoir que j'avais en qualité de publicitaire me paraissait excessif, omniprésent, parfois inquiétant, raciste, sexiste, méprisant, cynique. Tout cela je l'ai écrit, je me suis bien défoulé... et j'ai été viré. Le livre a eu un certain écho, et j'ai donc été invité à des séances de dédicace en librairie, à des conférences, à des colloques, à des manifestations auxquelles j'ai participé avec des associations antipub ou avec des altermondialistes.

J'ai ainsi rencontré Naomi Klein, l'auteur de *No Logo*, et j'ai marché au coude à coude avec des personnes qui, comme moi, s'élevaient contre la société d'hyperconsommation. J'ai milité dans cette voie, avec notamment des communistes qui avaient aimé le livre et qui le citaient dans des textes, dans des discours politiques, au cours de meetings au QG du parti, place du Colonel Fabien. Pour moi, ces lieux étaient mythiques. J'étais souvent passé devant le superbe immeuble d'Oscar Niemeyer, sans jamais imaginer qu'un jour je serais invité à participer au « politburo ». Or c'est ce qui arriva.

Le directeur de cabinet de Robert Hue m'a donc appelé un jour en me disant qu'on avait pensé à moi pour réfléchir à la communication du candidat communiste à la présidentielle. Un peu comme quand Dominique Farrugia, alors directeur des programmes de Canal +, m'a téléphoné pour me proposer d'animer l'émission de l'access prime time, sur son antenne.

Quand on reçoit ce genre de coup de téléphone, deux réactions sont possibles : on dit non merci, ça ne m'intéresse pas, et l'histoire s'arrête, ou l'on dit oui et quelque chose de nouveau se met en marche. Le romancier qui est en moi est toujours en éveil. Je suis d'un naturel curieux, en quête d'événements inattendus. Dans les deux cas, j'ai accepté parce que cela me semblait plus intéressant que de refuser.

JMDF : Devenir le conseiller en communication du Parti communiste ne représentait-il pas, pour toi, une nouvelle contradiction ?

FB : Pas du tout. Resituons l'époque : Jospin menait une campagne pas très claire. Il lui était demandé par un certain électorat de marquer davantage son engagement à gauche. Le Parti communiste avait des ministres dans le gouvernement. Or le PC est de fait un parti social-démocrate, puisque les socialistes menaient une politique libérale. Les communistes se sont rénovés. Ce ne sont plus des staliniens, laissant la véritable extrême gauche à la Ligue communiste révolutionnaire et à Lutte ouvrière. En servant la campagne de Robert Hue, je ne soutenais pas Joseph Staline, mais l'aile gauche du PS.

Quand un parti politique populaire tel que celui-ci m'a dit que les thèses défendues dans mon livre, ma vision du monde actuel, semblaient correspondre à ses idéaux, j'avoue avoir trouvé cela flatteur. J'ai donc déjeuné avec Robert Hue. J'ai découvert un homme charmant, intelligent, érudit, très au courant de la vie culturelle, et surtout j'ai compris que nous partagions les mêmes points de vue sur bien des sujets.

JMDF : Quoi, par exemple, la vision d'une société plus égalitaire ?

FB : Oui, avec plus de justice sociale, le refus d'une loi du marché qui veut régir le monde, le souci de l'humain.

Bien sûr, la mondialisation est un fait. Elle existe, mais si l'on peut y introduire un peu plus d'équité pour rendre les gens plus heureux, ce serait préférable à la loi du marché. Le constat aujourd'hui est que les riches deviennent de plus en plus riches et les pauvres de plus en plus pauvres. Ce qui intéressait le PC, dans mon expérience, c'est que je connaissais les riches. J'ai grandi dans un milieu privilégié, puis, à travers la pub, j'ai eu l'occasion de comprendre comment fonctionne l'entreprise de communication mondiale, et je n'ai pas du tout trouvé ce système rassurant. Ces points de vue, ajoutés à mon expérience profession-nelle, ont séduit Robert Hue qui m'a donc confié sa communication.

JMDF : Tu penses que ta collaboration lui a été profitable ?

FB : Non. La leçon de l'histoire, c'est justement que l'image est plus importante que le discours, et que tout ce que je pouvais dire, ou conseiller de dire à Robert Hue, était disqualifié d'avance par le fait que j'en étais le conseil. Cela signifie que ma personne constituait un obstacle pour lui, la forme prenant plus d'importance que le fond. Pour moi, cela a été une leçon.

JMDF : Mais l'échec l'a atteint certainement plus que toi.

FB : L'échec n'était pas uniquement de ma respon-sabilité. Je ne cherche nullement à m'exonérer, mais j'avais proposé au parti de changer de nom, comme en Italie. Ce qui a été refusé. Je me suis ouvert à Robert Hue de mes craintes, à plusieurs reprises, je l'ai même prévenu très tôt en lui disant que, s'il le souhaitait, nous pouvions très bien ne pas rendre publique ma collaboration, que ce n'était peut-être pas une très bonne idée de communiquer sur ce point. Je sais qu'on me trouve agaçant, arrogant, superficiel, mondain, et je l'ai vraiment mis en garde contre ces perceptions que certains ont de moi.

Il a tenu, au contraire, à médiatiser mon interven-tion dans sa campagne et à organiser une conférence de presse, place du Colonel Fabien. Le nombre de journalistes présents a été bien plus important que d'habitude. Le QG n'avait plus été aussi fréquenté par la presse depuis longtemps. Ils sont tous venus, tous les journaux, la radio et la télévision. Ce mariage était si inattendu que nous étions devenus une curiosité, et cette photo où je suis en blouson de jean assis à côté de Robert Hue avec mes lunettes sur le nez est une image qui est apparue comme assez surréaliste pour beaucoup de gens. Et ça a été l'échec.

J'ai travaillé gracieusement pour toute cette campagne. Je n'ai pas la carte du parti, je ne suis pas communiste, je suis contre la dictature du prolétariat, notion qui a d'ailleurs été amendée depuis quelques années. Le rôle des communistes consistait à rappeler constamment à l'équipe dirigeante à majorité socialiste qu'elle était de gauche. Cela a donc été le sens des affiches que nous avons lancées : « Aidons la gauche à rester de gauche », tel était le slogan.

Bien sûr, pour Robert Hue l'enjeu n'était pas le même que pour moi. Il jouait sa carrière politique. Moi, un peu de ma réputation. Voilà toute l'histoire.

JMDF : Après la politique, il y a eu Canal +, où tu as pris le pari de devenir amuseur public.

FB : Ces deux exemples de coups de fil importants, où j'ai dit oui, m'ont appris depuis à répondre non. Cela prouve que j'ai tout de même retenu la leçon. Quand Dominique Farrugia m'a appelé pour me proposer de relever le défi – quitter Paris Première pour rejoindre Canal + et prendre la relève de « Nulle part ailleurs », l'émission charnière entre le non-crypté et le crypté –, cela m'aurait été aussi difficile de dire non que de refuser à Robert Hue.

À l'inverse de la campagne du candidat communiste, un des arguments décisifs a été l'argent. Beaucoup d'argent. Bien sûr, j'ai une grande part de responsabilité dans cet échec, avec toutefois des circonstances très atténuantes. D'abord la grande valse des chefs : pendant mes trois mois d'émission, les dirigeants de la chaîne ont été sans cesse remerciés. Rappelons-le : quatre présidents en un trimestre pendant lequel j'ai tenté d'animer quotidiennement une tranche à haut risque. Aussi risqué que la présidence ! Lescure, Messier, Couture et Farrugia ont tous pris la porte, durant ce court laps de temps. C'est tout de même exceptionnel !

Si mon émission avait été un succès, je serais peut-être, aujourd'hui, animateur de télévision, je n'aurais pas eu le temps d'écrire *Windows on the world*, j'aurais mon talk-show le vendredi soir... La vie en a décidé autrement. Maintenant je suis en cure de désintoxication audiovisuelle.

JMDF : Pourquoi voulais-tu la télé à tout prix ? Quand tu parles de l'esthétisme des flamants roses, la beauté était dans la cage. Là tu t'es mis dans une cage certainement moins belle que celle du zoo et à la fois plus dangereuse.

On pourrait être tenté de penser que ton principal métier, finalement, c'est de te distinguer par tous les moyens ? Profession Beigbeder ! Le nihiliste que tu dis être ne cherche-t-il pas à se faire remarquer dans tous les endroits à la mode, comme l'était d'ailleurs le petit écran de Canal + ?

FB : Je m'accuse d'être allé sur Canal + pour me venger de ne pas être une star !

Ce que tu dis est très sévère, mais ce n'est pas tout à fait faux. Tous ceux qui cherchent à être animateur télé le veulent bien. S'ils le désirent à ce point, c'est qu'il y a de bonnes raisons, comme il y en a aussi beaucoup de mauvaises. L'attirance pour l'audiovisuel résulte du désir d'avoir son visage qui paraît sur l'écran, dans le living-room de tous les foyers, d'être reconnu et aimé. C'est une vraie drogue, une nouvelle addiction, une folie. Les professionnels objectifs l'avouent eux-mêmes.

JMDF : Pour moi, ce phénomène est encore lié à l'anonymat dans lequel vivent les individus, à ce besoin de reconnaissance, lequel n'amène pas toujours aux bons choix, qui fait souhaiter devenir célèbre au moins pour un quart d'heure, comme disait Andy Warhol.

FB : Il y a de ça, je le reconnais. Mais c'est à la fois plus compliqué.

Pour ce qui est de « L'hyper show », je n'avais pas le contrôle du produit fini. Une de mes découvertes dans ce monde de la télévision, et que l'on ne soupçonne pas à l'écran, c'est le nombre incroyable de collaborateurs qui s'affairent à toutes les étapes d'une émission. D'autant plus qu'il s'agissait là d'une tranche quotidienne d'une heure. Il y a donc beaucoup de personnes qui donnent leur avis, dont celles qui détiennent le pouvoir de décision, le directeur des programmes, le PDG, le rédacteur en chef, le producteur... Dès lors, il devient très difficile de contrôler le résultat.

Quand j'animais le magazine littéraire « Des livres et moi » sur Paris Première, ce concept me ressemblait parfaitement, et je pouvais ainsi assumer pleinement mon travail. Y compris d'ailleurs quand nous nous sommes tous mis nus sur le plateau. En échange, pour « L'hyper show », je n'avais pas le contrôle du navire. Je n'en ai jamais parlé, aussi est-ce ici l'occasion de le faire, sans pour autant, je le répète, chercher à dégager ma part de responsabilité.

La différence avec les flamants roses, c'est que même en cage ils restent eux-mêmes, alors que moi je n'étais plus sincère, puisque je jouais un rôle dans un script qui m'était imposé. Je m'explique, car cela peut ne pas être clair aux yeux des non-initiés : les chaînes de télévision sont encouragées à respecter un cahier des charges qui les oblige à un minimum de création. Il faut donc inventer de la fiction, même lorsqu'il s'agit d'émissions de plateau et de direct. Les sketches entrent dans ce quota où l'on doit obéir à un certain nombre de contraintes, d'interruptions, empêchant par exemple d'interviewer l'invité. Je devenais ainsi un bateleur, chargé de dire « bonsoir, madame » et d'annoncer le sketch suivant plutôt que de mener cet « Hyper show », tel que je l'avais imaginé initialement : une émission de télé qui se critiquait elle-même s'autoanalysait, s'autodétruisait, comme je fais de façon permanente mon autocritique.

JMDF : Sans vouloir porter un jugement trop rude, sur le registre de l'autodestruction, cela a été une réussite !

FB : Merci ! Parce que l'émission était devenue une sorte de Barnum à paillettes, résultat d'une télé fabriquée selon un modèle qui ne devait vraisemblablement pas convenir aux téléspectateurs de Canal +.

JMDF : Cette image de Barnum et de paillettes, ne l'entretiens-tu pas toi-même à travers ta vie mondaine, ta vie de noctambule reprise dans les photos des pages people des magazines à sensation ? J'ai parfois le sentiment que tu passes ton temps à entretenir ce système, par tous les moyens.

FB : Je dirais que ce n'est plus aussi vrai qu'il y a trois ou quatre ans, dans la mesure où maintenant je ne fais plus de télévision et je ne suis plus dans la publicité. On me voit beaucoup moins qu'avant, dans les médias.

JMDF : Mais cette communication mondaine, la veux-tu parce qu'elle est dans ta nature, qu'il ne m'appartient pas de critiquer si tu aimes ça, ou bien le fais-tu pour entretenir ton image ? Dit autrement, est-ce par calcul marketing ou bien par goût, par conviction ?

FB : Je pense que derrière ces interrogations, une vraie question se pose sur la place des écrivains dans la société.

En France, très curieusement, il y a ce catéchisme flaubertien qui veut qu'un écrivain doit vivre retiré dans une cabane de Normandie, ou comme Proust dans sa chambre tapissée de liège, ou encore comme toi, à Gap. Tout comme dans l'Église, et c'est intéressant, il y a ce même parti pris hostile envers quelqu'un de visible. Le religieux que l'on voit beaucoup est puni par l'Église et par la communauté des croyants, comme par celle des incroyants d'ailleurs, de même l'écrivain trop visible est puni par la critique.

En Église comme en littérature, il ne fait pas bon avoir une vie trop publique, peut-être parce que ces deux domaines touchent au sacré. De plus, il y a un côté redresseur de torts du milieu littéraire contre des gens qui se montrent, qui n'ont pas honte d'être des personnages extravagants ou extravertis.

JMDF : Mais tu ne m'as pas répondu sur ces extravagances. Relèvent-elles de ta nature ou de ton calcul ?

FB : Le vrai calcul serait de disparaître aujourd'hui, comme Kundera, comme Gracq, et de se cacher le plus possible pour être pris au sérieux.

Du temps de Victor Hugo, d'Alexandre Dumas, les écrivains étaient des stars. L'enterrement de Hugo a revêtu une ampleur nationale et, plus près de nous, celui de Sartre aussi. Je trouve qu'il est bon pour la littérature que les écrivains soient des personnages importants de la société. Si l'on veut qu'ils se cachent, qu'ils apparaissent moins, ou pas, dans les médias, y compris dans les journaux à scandales, on aboutira alors à tuer la place de l'écrivain dans la société. C'est-à-dire que l'on ne demandera leur avis sur le monde qu'à Johnny Hallyday ou à Emmanuelle Béart, mais plus aux écrivains.

JMDF : Tu considères que l'intellectuel doit pouvoir s'exhiber librement ?

FB : Qu'il agisse selon sa nature. Mais je trouve ridicule cette appellation, un peu incontrôlée, d'intellectuel. Elle en vient à prendre un sens péjoratif, parfois.

Lorsque je m'exprime, je m'engage. Et c'est plus souvent dans mes livres que dans des interviews. *Windows on the world* est un ouvrage où je livre un certain nombre d'avis sur la réalité actuelle. Dans *99 francs* aussi. Est-ce pour autant être un intellectuel ? Non, je me contente d'avoir un regard sur le monde et de l'exprimer si possible avec style. Souvenons-nous de ce que disait Paul Morand : « La politique est la vérole de la littérature. »

JMDF : Que signifie, en effet, être un intellectuel ? Cela sous-entend-il qu'il y aurait une catégorie de la population qui mène une vie végétative, qui ne peut penser ni réfléchir, et une autre, une élite douée d'intelligence, qui serait seule capable de comprendre et de nous expliquer les choses du monde ? Chacun à son niveau a la capacité d'analyse. Nous sommes tous des intellectuels !

FB : Tu vois, Jean-Michel, nous avons finalement bien des points communs. Tous deux, nous n'avons pas de vrais métiers, mais des vocations qui, de plus, nous poussent à être meilleurs. Homme d'Église ou homme d'écriture sont des genres où il faut être exigeant avec soi-même, peut-être plus que dans d'autres domaines.

Les hommes d'Église font preuve de générosité mais doivent également s'exercer à une certaine habileté dans l'écoute, l'aide psychologique et l'évangélisation notamment.

Les gens d'écriture doivent être capables aussi de

s'aliéner le lecteur, de temps en temps, le séduire à une page, et à la suivante avoir le courage d'être un peu ennuyeux. Le pire est de chercher à plaire. On en devient vite illisible.

JMDF : Si tu veux trouver des points communs entre nos deux états, il y en a certainement de nombreux, mais bien d'autres nous séparent. La question des revenus, par exemple. Tu as publié plusieurs best-sellers, en France et à l'étranger, tu n'es pas du genre à t'acheter une Ferrari, je te vois habillé simplement... Que fais-tu de l'argent que tu gagnes ?

FB : Pas grand-chose de particulier. C'est vrai que je ne claque pas, je ne flambe pas. Je ne me suis pas acheté d'appartement... Je voyage pas mal, c'est tout. Comme je ne suis pas non plus de ceux qui vont vivre à l'étranger pour ne pas payer d'impôts, j'en donne plus de la moitié au fisc. À vrai dire, je suis très inquiet du lendemain, et cet argent je le garde, d'abord pour ma fille, mais aussi pour moi, au cas où.

JMDF : Compte tenu de mon âge, de ma vocation, du sérieux de mon « employeur », l'essentiel de ma vie est accompli. Mais toi, tu as trente-huit ans, à peine plus du premier tiers de ta vie peut-être ; ce futur, qui semble t'inquiéter, comment le vois-tu ?

FB : Je sais que la moyenne d'âge s'allonge chaque année, mais j'ai toujours eu le sentiment que je ne serai pas de ceux qui profiteront de cette longévité galopante. J'ai l'impression que je mourrai jeune. Peut-être est-ce une des raisons de mon agitation permanente ? Je suis obsédé par la mort et je pense souvent à des gens comme Cravan, Rigaud, Radiguet,

Boris Vian, qui ont disparu très tôt. Dans son cas, beaucoup trop tôt pour tout ce qu'il avait à produire encore. Écrivain, poète, dramaturge, trompettiste de jazz, critique musical, auteur de chansons et lesquelles ! *Le Déserteur*, un humour proche du désespoir... Mort à trente-neuf ans !

C'est curieux, ce que je ressens. Cette intuition de ma mort, jeune et brutale.

JMDF : D'où cette façon de brûler le temps ?

FB : Oui. Ce besoin d'en profiter très vite parce que ma vie ne va pas être longue. Bien sûr, je préférerais devenir centenaire, mais mourir jeune n'est pas fait pour me déplaire. Je ne me vois pas finir en vieil écrivain sinistre. À moins d'avoir le prix Goncourt à quarante-trois ans, entrer à l'Académie française à quarante-neuf ans et d'obtenir le prix Nobel de littérature à soixante et un ans, avant d'être oublié pour toujours, comme tout le monde.

Conclusion

JMDF : Parvenus à la fin de ce livre après ces années d'entretiens réguliers, je regretterais que le lecteur ait une idée erronée du fait religieux aujourd'hui. À travers tes propos, certains pourraient penser que la foi est en net déclin et qu'il s'agit même d'une préoccupation d'un autre siècle.

Or, en analysant et en recoupant plusieurs sondages récents, il ressort que la société française fait une redécouverte de la dimension religieuse et spirituelle. Elle est également préoccupée de son attachement à des valeurs morales comme, entre autres, l'autorité, la fidélité dans le couple, notamment chez les jeunes. Le goût des pèlerinages revient en force, les cours de théologie sont submergés d'étudiants, les retraites en monastères sont de plus en plus nombreuses, etc. Pour l'anecdote, le Parti communiste a même organisé à Paris, en 2002, place du Colonel Fabien, une exposition consacrée à Jésus. Même chez Marx, Dieu ne fait plus peur !

Ces valeurs chrétiennes sont enracinées dans notre culture et semblent bien résister à cette fameuse libéralisation à laquelle tu dis être attaché, toi qui, finalement, te révèles un peu comme un nihiliste tendance conservateur. Face à ceux qui refusent la foi, une grande majorité de Français croient en Dieu, ou recommencent à y croire. Et le message du Christ demeure bien l'alternative à l'individualisme.

Peut-être es-tu imprégné de l'esprit de la génération née de 68 ! Depuis, les choses ont bougé. Les jeunes ne font plus la révolution permanente. Souviens-toi du succès, relativement proche, des JMJ (Journées mondiales de la jeunesse). En France, un million de ces jeunes ont répondu à l'appel du pape. Ils venaient de tout le pays, témoignant ainsi de leur foi. Ta perception de cette perte d'intérêt pour le fait religieux correspond peut-être à la vision qu'en a un certain milieu « intellectuel parisien ».

FB : Ce retour, s'il en est, vers la tentation de la foi, témoigne du profond malaise de ceux qui souffrent de ne pas se résoudre à croire. Cependant, tu ne peux nier que l'Église perd du terrain et qu'elle n'est plus cette sacro-sainte institution à laquelle on obéissait aveuglément, plus souvent par crainte que par conviction.

Mais nous n'allons pas reprendre nos échanges et recommencer ce livre !

Durant ces années de dialogue, nous avons tenté de mieux comprendre l'incompréhensible. J'ai été assidu dans cette quête, j'y ai même pris goût. Le scepticisme égocentrique et potache qui me tenait lieu de philosophie en a pris un coup dans l'aile. J'en viens même à regretter que l'ouvrage se termine. Et si nous n'avons pas avancé sur le thème récurrent, éternel peut-être, de l'existence de Dieu, je suis profondément heureux de nos rencontres, au point de souhaiter les prolonger encore durant des années, très régulièrement.

Avec une réserve, néanmoins : je préférerais que nos rendez-vous soient à huit heures du soir plutôt qu'à dix heures du matin !

Oui, continuer cet échange, même s'il m'est arrivé de penser que nos interrogations de ces dernières années ne font que reprendre les propos d'une conversation que mènent les hommes depuis des millénaires. J'ai eu parfois le vertige en me disant qu'elle n'a peut-être pas lieu d'être, parce que stérile, parce que Dieu n'est pas et que l'homme aura ainsi perdu un temps précieux – incommensurable mis bout à bout – qu'il aurait mieux fait de consacrer à des causes plus urgentes. Voilà. Je ne suis pas seulement ironique, je suis aussi capable de naïveté et d'inquiétude.

JMDF : Elle est pourtant fascinante, cette conversation sur l'existence de Dieu. Certes, elle dure depuis des millénaires, mais elle est la seule conversation utile, perpétuelle, que les hommes ont avec Lui.

FB : « Que savons-nous de la volonté de Dieu quand le seul moyen pour nous de la connaître est de la contredire ? » (Paul Claudel). Si la question des hommes était : qu'est-ce qu'on fout là ? je comprendrais, mais ce qui demeure mystérieux pour moi c'est le besoin de remplacer cette interrogation par : Dieu existe-t-il ?

Finalement, la littérature, l'art... servent bien à vaincre la mort à laquelle l'homme survit. Pourquoi j'écris, pourquoi je suis fasciné par la littérature, en tant que critique, éditeur, pourquoi je passe mes jour nées dans les livres, c'est bien parce que mon Dieu, ma religion, qui me mène à ne plus avoir peur de mourir, c'est la littérature.

JMDF : Dans tes romans comme dans ce livre, on retrouve ta soif de comprendre, ta boulimie de vie, le besoin de te singulariser, de séduire, d'être aimé...

FB : Très juste : je m'accuse de parier, par lâcheté peut-être et pas par effet de mode, que Dieu n'existe pas. Si j'ai tort, j'irai en enfer. Si j'ai raison, j'aurai bien fait de rigoler toute ma vie. Par conséquent, je serais tenté de parier qu'Il n'existe pas ! En même temps, je le répète, quand je lis ces grands écrivains qui croyaient en Dieu, Bourbon-Busset, Cabanis, Graham Greene, je suis perturbé dans mes convictions chancelantes. J'en ai ras le bol d'être aussi empirique que précaire.

Aussi, souvent, je m'interroge : de quel droit puis-je me permettre de déclarer que Dieu n'existe pas ?

Si j'étais uniquement attiré par une rébellion superficielle, ce serait beaucoup plus tendance. Dire qu'on a été frappé par une vision au coin du parvis de Notre-Dame, et que l'on croit, serait très chic-branché puisque, actuellement, il est « has been » de dire qu'on est athée, que Dieu n'existe pas, qu'il n'y a rien d'autre que ce que l'on voit, que l'on mourra et qu'après ce sera un trou noir. C'est l'opinion répandue, un peu banale peut-être, et c'est pourtant la mienne. Je donnerais davantage l'air d'un récalcitrant, d'un être original, si je disais : je suis catholique fervent et Jésus-Christ dicte chacun de mes actes.

À la fin de *Sous le soleil de Satan*, Bernanos imagine le personnage de Saint-Marin, un célèbre écrivain débauché qui vient chercher auprès d'un prêtre un sens à sa vie et un regain de célébrité... Il y a peut-être un peu de Saint-Marin en moi ?

JMDF : Croire ne consiste pas en une attitude de soumission aveugle. Ceux qui ont la foi ne se gênent pas pour apostropher Dieu. Léon Bloy, Bernanos, Péguy et d'autres interpellent Dieu, qui aime aussi ceux qui L'interrogent, qui se dressent, comme Montherlant dans *La Reine morte* : « Dieu aime les hommes debout. » Au long de ce dialogue, j'ai acquis la conviction que tu n'es pas athée, malgré cette attitude de rejet que tu brandis comme un trophée. Non, tu te débats, c'est tout.

FB : Eh bien, nous voilà toujours campés sur nos convictions respectives. Tu n'as pas réussi ma conversion. L'entreprise eût été vaine et tel n'était pas l'objet de l'ouvrage. De mon côté, je n'ai pas cherché à te détourner de ta foi. Là aussi, ma tentative aurait abouti à l'échec.

Toi, l'évêque, ta certitude de Dieu t'apporte la paix.

JMDF : Crois-tu que ce soit si simple ?

FB : Moi, le mécréant, l'angoisse me guette et je me brûle à mes tentatives ineptes de compréhension. Néanmoins, tu sens bien que si je suis a-religieux, a-gnostique, a-thée, in-croyant, le matériel pourtant ne me suffit pas.

JMDF : Parce que Dieu existe !

FB : Je ne l'ai pas rencontré.

Néanmoins, alors que nous nous apprêtons à mettre le point final à ce livre, permets-moi une dernière confession, Jean-Michel : ces échanges ont forcé ma réflexion et aujourd'hui il m'arrive de douter... Oui, il m'arrive d'avoir des doutes sur l'inexistence de Dieu.

Table

Avertissement 11
Introduction 15

    I. Des souvenirs 21
   II. Du sens de Dieu 35
  III. De l'utilité de Dieu 47
  IV. De l'instrumentalisation de Dieu 51
    V. De la foi 61
  VI. De la prière 77
 VII. De la Trinité 85
VIII. Des valeurs 89
  IX. Du bonheur 95
    X. De la mort 105
  XI. De la résurrection 119
 XII. Des Écritures 125
XIII. De l'Église 149
XIV. Église et société 169
 XV. Prêtre aujourd'hui 189
XVI. Évêque aujourd'hui 203
XVII. De la laïcité et de l'islam 215

XVIII. Des mœurs.. 231
  XIX. Écrivain aujourd'hui................................. 255

Conclusion.. 273

Des mêmes auteurs :

Jean-Michel di Falco

Il y a longtemps que je t'aime, Droguet et Ardant, 1982.
Du côté de l'école, Nouvelle Cité, 1986.
Un chrétien vous parle, Droguet et Ardant, 1986 ; SOS, 1990.
Le Garri, Lattès, 1992.
Le Journal de l'Évangile, 1993.
100 questions sur la foi, Bayard Éditions Centurion, 1993.
Conversation avec Dieu : de saint Augustin à Woody Allen,
    Ramsay, 1995.
Le Journal des papes, Ramsay, 1995.
L'Amour crucifié : chemin de croix (avec Alexandre Joly),
    Fayard, 1997.
Mère Teresa. Les miracles de la foi, Éditions 1, 1997 ; LGF,
    « Le Livre de poche », 1998.
Ces papes qui ont fait l'Église, Archipel, 2000 ; Éditions de la
    Seine, 2001.

Frédéric Beigbeder

Mémoires d'un jeune homme dérangé, roman, La Table Ronde,
    « La petite vermillon », 1990.
Vacances dans le coma, roman, Grasset, 1994 ; LGF, « Le Livre
    de poche », 1996.
L'amour dure trois ans, roman, Grasset, 1997 ; Gallimard, « Folio », 2001.

Nouvelles sous ecstasy, nouvelles, Gallimard, 1999 ; « Folio », 2000.

99 francs (14,99 euros), roman, Grasset, 2000 ; Gallimard, « Folio », 2004.

Dernier Inventaire avant liquidation, essai, Grasset, 2001 ; Gallimard, « Folio », 2003.

Rester normal (avec Philippe Bertrand), bande dessinée, Dargaud, 2002.

Windows on the world, roman, Grasset, 2003, prix Interallié 2003.

Rester normal à Saint-Tropez (avec Philippe Bertrand), bande dessinée, Dargaud, 2004.

Composition réalisée par NORD COMPO

IMPRIMÉ EN ESPAGNE PAR LIBERDUPLEX
Barcelone
Dépôt légal Éditeur : 59248-05/2005
Édition 1
LIBRAIRIE GÉNÉRALE FRANÇAISE - 31, rue de Fleurus - 75278 Paris Cedex 06

ISBN : 2 - 253 - 11334 - 4